1 MONTH OF
FREE
READING

at

www.ForgottenBooks.com

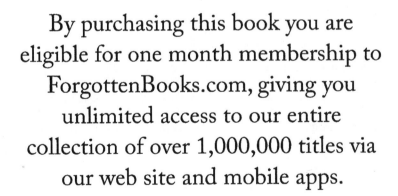

By purchasing this book you are eligible for one month membership to ForgottenBooks.com, giving you unlimited access to our entire collection of over 1,000,000 titles via our web site and mobile apps.

To claim your free month visit:

www.forgottenbooks.com/free367150

ISBN 978-0-265-31095-3
PIBN 10367150

Heath's Modern Language Series

CONTES CHOISIS

DE

RENÉ BAZIN

SELECTED AND EDITED WITH NOTES AND
VOCABULARY

BY

VICTOR E. FRANÇOIS, Ph.D.

ASSOCIATE PROFESSOR OF FRENCH IN THE COLLEGE OF THE CITY OF NEW YORK

BOSTON, U. S. A.
D. C. HEATH & CO., PUBLISHERS
1908

INTRODUCTION

René Bazin was born at Angers in 1853. When a child, his health was very delicate, and he himself tells us in the Introduction to *les Contes de Bonne Perrette* how his boyhood was spent: «Enfants,[1] vous avez un âge délicieux. Je l'ai eu avant vous. Et j'en ai joui plus librement et plus pleinement que d'autres, ayant eu cette chance de passer une partie de ma première jeunesse à la campagne. Je travaillais assez peu le *De viris illustribus*,[2] mais j'apprenais ce qui ne s'enseigne pas: à voir le monde indéfini des choses et à l'écouter vivre. Au lieu d'avoir pour horizon les murs d'une classe ou d'une cour, j'avais les bois, les prés, le ciel qui change avec les heures, et l'eau d'une mince rivière qui changeait avec lui. Mes amis s'appelaient le brouillard, le soleil, le crépuscule, où la peur vous suit dans votre ombre; les fleurs, dont je savais les dynasties mieux que celles des rois d'Égypte; les oiseaux qui ont leur nom écrit dans le mouvement de leur vol; les gens de la terre[3] qui sont des silencieux pleins de secrets... Je faisais ma moisson sans le savoir... »

In *Souvenirs d'enfant*, he continues to enlighten us on his rustic education that was to have such a deep influence on his literary work: «(Mon frère et moi) nous étions grands dénicheurs de nids, grands chasseurs à la sarbacane, assoiffés

---

[1] The words of these quotations are translated in the vocabulary.

[2] De viris illustribus. The full title is De viris illustribus urbis Romae, About the Illustrious Men of the City of Rome, a Latin text-book composed by Abbot Charles-François Lhomond (1727–1794).

[3] gens de la terre, i. e. gens de la campagne.

iii

d'aventures et lecteurs convaincus de Mayne-Reid[1] et de Gustave Aimard.

Dès le matin, de bonne heure . . . , nous courions lever nos pièges ou bien les cordées tendues aux endroits creux de la rivière. . . Nous avions, comme les trappeurs, l'habitude de la file indienne, des cabanes dans les chênes, des signes muets ou des cris de bêtes sauvages pour nous reconnaître à distance, des provisions d'outils dans le ventre des vieilles souches. . .

Le soir, quand il n'y avait plus de jour du tout, faute de mieux, nous lisions. . . Il nous fallait du drame. Jules Verne[2] commençait à peine à tailler sa plume; mais nous avions les *Chasseurs d'ours*, les *Vacances des jeunes Boërs*, la *Guerre aux bisons*, les *Enfants de la prairie*. . .

Le lendemain, je trouvais que le théâtre habituel de nos courses n'offrait pas assez de dangers, puisqu'on n'y rencontrait ni lions, ni bisons, ni troupeaux de pécaris . . . et nous regardions avec envie, mon frère et moi, les lointains bleus.»

Later, he became a student in the Catholic University of his native town, with which he is still connected to-day as Professor of Law. In 1904, he was elected a member of the French Academy to replace Ernest Legouvé.

Bazin began to write novels about 1885, and since that time not a single year has passed without his having brought out one or two. The best known of them are: *Ma Tante Giron* (1886), *Une Tache d'encre* (1888), *Les Noëllet*[3] (1889), *De toute son âme* (1897), *La Terre qui meurt* (1899), *Les Oberlé*[3] (1901), and *Donatienne* (1902). He has also published ac-

---

[1] Mayne-Reid (Thomas), better known in France as Capitaine Mayne Raid, an Irishman (1818–1883), and Gustave Aimard, whose real name was Olivier Gloux, a Frenchman (1818–1883), are both authors of interesting novels of adventures.

[2] Jules Verne (1828–1905), the well-known author of " Twenty Thousand Leagues," " Around the World," and many other stories.

[3] Proper names, except those of royal or very illustrious families, do not take the plural form.

counts of his trips to Spain, Italy, the East, etc., wherein he finds an opportunity to display his great talent as a landscape-painter. Finally, he is the author of several books of short stories from which I have selected the material of the present volume.

His literary gifts are as much in evidence in his short stories as in his novels. They show that he sees life in a more rosy-colored light than the writers of the naturalistic school. He may be called an optimistic realist while the tendencies of the other disciples of the same school are pessimistic.

·These brief tales are written in a pleasant mood, generally ending in a satisfactory way, and leaving the reader under a more agreeable impression than he will usually derive from the gloomy tales of Guy de Maupassant.

His subjects are mostly chosen from rustic life, and he delights in reviving the former customs, manners, and traditions of his native province, Vendée. That is why his name is so often linked with those of the provincial writers, such as George Sand, Ferdinand Fabre, André Theuriet, Émile Pouvillon, Anatole Le Braz, etc. But he differs greatly from George Sand, the leader of that school, in that his characters are life-like, true, while hers are too highly idealized.

His literary success is especially due to his great feeling for nature; his broad sympathy for, and tender interest in, his characters, however lowly; his optimistic view of life; his delicate and sometimes quaint style; his fine talent as a painter of natural scenery; his fearless treatment of the social problems of the present time; his cleverness as a moralist.

In this collection, I have been guided by the desire to meet the needs and gratify the taste of the students for whom it is intended, by offering them stories full of interest and variety, and I hope I have succeeded.

Contes de Bonne Perrette proved to be a real mine. From it were taken *La Jument bleue, Le Moulin qui ne tourne plus,*

La Boîte aux lettres, La Veuve du loup, and *Le Grenadier de la belle neuvième*. I have borrowed from *Les Récits de la plaine et de la montagne: Quinze billets bleus*, and *Le Chapeau de soie;* from *Croquis de France et d'Orient: Histoires de dindons.*

The first selection, *La Jument bleue*, is worthy to figure prominently among the many short stories lately inspired by the Napoleonic legend. *Le Moulin qui ne tourne plus* is a rustic tale, much in Daudet's vein and trend. *La Boîte aux lettres* is a delicate little sketch of clerical life, full of gentle humor. The story of *Quinze billets bleus* vaguely reminds us of François Coppée's novel, *Les vrais riches*. *Le Chapeau de soie* is a dramatic episode of the late Franco-Prussian war. *Histoires de dindons* shows us the amusing and strange mixture of credulity and cunning to be found in French country people. *La Veuve du loup* is a poetical tale of a Vendean vendetta. Finally, the last and longest one, *Le Grenadier de la belle neuvième* relates an act of bravery somewhat similar to that accomplished by heroic Captain Deberle in Jules Claretie's *La Frontière.*

V. E. F.

YONKERS, N. Y., May 6, 1907.

CONTENTS

CONTES DE BAZIN

CONTES DE BAZIN

LA JUMENT BLEUE

—Emporte bien[1] ta mante, petit, de peur d'avoir
froid !

— Je l'ai sur le bras.

— Emporte tes sabots !

— Ils me pendent au cou.   !

— Emporte ta houssine, de peur des loups qui rôdent !

— Elle est attachée à mon poignet, mère, et solide
comme un de mes doigts.

— Bonne nuit pour toi !

— Bonne nuit pour vous !   10

Tous les soirs, quand Jean-Marie Bénic, du pays des
Côtes,[2] partait avec ses juments, la mère ne manquait
pas de lui adresser ces recommandations. Elle était
veuve, avec cinq fils dont il était le dernier, jeune gars
qui allait atteindre ses dix-huit ans. La ferme, abritée 15
par une ceinture de bois que le vent tourmentait, n'était
séparée que par là[3] des plages où les vagues écumaient,
sonnaient et sautaient pendant trois saisons de l'année.
Elle s'appelait la Grénetière,[4] et on pouvait la dire assez
mal nommée, car le froment poussait médiocrement dans 20
ces terres salées; on n'y voyait de belle moisson que
celle des sarrasins, qui levaient drues leurs tiges rouges

et leurs fleurs couleur de nuages d'été,[1] où les abeilles
font leur miel.   D'ailleurs beaucoup de genêts, beaucoup
d'ajoncs, et des marécages, et des terrains perdus où le
vent semait et où la gelée d'hiver récoltait toutes sortes
5 d'herbes inutiles.   Mais les prairies étaient superbes,
plantées de touffes pressées et gaillardes qui donnaient
du foin, du regain et de l'arrière-regain, sans compter
cinq mois de pâture ; prés humides, cela va de soi, prés
qui tournaient entre des coteaux boisés, et que traversait
10 un ruisseau[2] à peine gros comme le poing dans le temps
chaud, qui s'étendait en nappe et formait comme un lac
après les pluies d'automne.

Là vivaient en liberté, depuis la fin de juin jusqu'au
milieu de novembre, les six juments qui faisaient l'orgueil
15 et la richesse de la Grénetière.   Il était impossible d'en
voir de plus belles dans le pays des Côtes, où cependant
la race des chevaux est renommée.   Un homme de
haute taille n'arrivait pas à leur garrot.   Leur trot valait
le galop de plusieurs autres.   Pour le pelage, bien qu'il
20 fût quelque peu varié, il se rapprochait de la teinte de
l'ardoise, et il y avait même une pouliche de trois ans, la
préférée de Jean-Marie Bénic, dont la robe était vraiment bleue, avec une étoile au milieu du front.   Les
marchands disaient tous :
25 — Vendez-nous votre pouliche, maîtresse[3] Bénic ?
— Nenni, bonnes gens, vous ne l'aurez pas.
— Alors l'empereur la prendra !
— Il est trop loin.
— L'empereur n'est jamais loin, maîtresse Bénic.   Il
30 a besoin d'hommes.   Il connaît, à Paris, l'âge de votre
jument, et son nom, et son poil.   Croyez-moi, vendez-la !
Elle refusait, car elle avait confiance qu'on ne lui

enlèverait pas la Nielle,[1] sa belle pouliche bleue, qui déjà
commençait à tirer la charrue, et qui pouvait trotter
trois heures durant sans un repos. Assurément elle
savait que l'empereur levait les hommes et les envoyait
à la guerre: un de ses fils était sur le Rhin, un autre aux
frontières d'Espagne. Elle entendait sans cesse parler
de batailles gagnées, de villes prises, de canons enlevés,
de *Te Deum*,[2] de massacres et de butin; du fond du cœur
elle souhaitait la fin de ces victoires qui coûtaient leurs
fils à tant de pauvres femmes comme elle, et qui laissaient
les plus heureuses sans aide, avec des champs trop grands,
des récoltes qui périssaient faute de bras pour les enlever; mais elle ne croyait pas que l'empereur eût connaissance de la beauté de la Nielle, ni de sa vitesse, ni de son
poil bleu et de l'étoile blanche du front.

—Bonne nuit pour toi, mon gars! disait-elle. Va
sagement, et garde-toi du loup!

Et Jean-Marie, à cheval sur la plus vieille des juments,
partait en sifflotant pour passer la nuit dans les prés. Il
aimait cela. Il s'était construit une cabane de branches
sur un talus adossé au bois, d'où il découvrait presque
toute la prairie, et là, couvert d'un vieux manteau, son
chien Fine-Oreille[3] à ses pieds, il dormait d'un sommeil
interrompu au moindre bruit. La nuit l'enveloppait
d'ombre et de brume, mais il reconnaissait, même alors,
la présence de ses chevaux et le lieu où ils pâturaient au
souffle de leurs naseaux et au rythme lent de leurs fou-
lées. Quand le vent était froid, il les emmenait dans
une saulaie dont les feuilles ne remuaient que les jours
de tempête. En tout temps il faisait trois rondes avant
le lever du soleil, afin que ses juments ne restassent pas
couchées sur le flanc dans l'herbe trempée de pluie ou de

rosée. Un hennissement l'éveillait, ou un cri d'oiseau,
ou le piétinement des animaux qui se rassemblent à
l'approche d'un danger. Et seul il sortait de la cabane,
fouettant d'une certaine manière qui effrayait les loups
5 et rassurait les bêtes. Elles accouraient à lui dès qu'elles
l'apercevaient. Il les flattait de la main. La pouliche
bleue quelquefois posait sa tête sur l'épaule du jeune
gars, et lui, il la caressait, disant:

— Foi de Jean-Marie, la Nielle, tu resteras toujours à
10 la Grénetière; tu es trop belle pour la guerre.

Il se trompait. Le temps vint bientôt de cette sépa-
ration. Un ordre fut publié prescrivant d'amener à la
ville, pour être examinés par une commission d'officiers,
tous les chevaux et juments âgés de quatre ans. La
15 Nielle avait quatre ans depuis quelques semaines. Les
derniers jours de mars, pluvieux, traversés de tempêtes
de neige et de grêle, rendaient les chemins presque
impraticables. La désolation régna pendant toute une
semaine chez la veuve de la Grénetière. Ses trois fils
20 présents l'entouraient, le soir, à la chandelle, et discu-
taient ce qu'il y avait à faire. Les deux aînés, grison-
nants déjà, étaient d'avis de cacher la Nielle dans les
bois si profonds et sans aucune percée qui entouraient la
ferme. Le cadet ne disait rien. Pourtant, la veille du
25 jour fixé pour la conscription des chevaux, sa mère lui
demanda:

— Cadet, tu ne parles pas; mais tu dois avoir une
idée?

— J'en ai une, en effet, qui ne ressemble pas à celle de
30 mes frères.

— Dis-la, cadet.

— Mère, j'ai trop peur de vous faire pleurer.

—Pauvre cadet! dit la mère en l'embrassant, ceux qui pleurent ne sont pas les plus malheureux; ce sont ceux qui ne s'aiment pas.

—Eh bien! mère, je pense que nous ne pourrons pas longtemps cacher la Nielle dans les bois, qu'elle sera découverte, et que mon frère aîné ira peut-être en prison. Il vaut mieux la donner à l'empereur qui a besoin d'elle, et, puisque mon tour viendra bientôt de partir moi aussi pour la guerre, m'est avis que nous partirons tous deux, la Nielle et moi. Je veillerai sur elle, je la soignerai.

—Mon gars, tu déraisonnes! Jamais un simple cavalier ne montera la jument bleue. On la donnera à un officier, et j'aurai tout perdu, mon fils et ma Nielle.

—Laissez-moi aller; j'ai réfléchi à tout, la nuit, en gardant mes bêtes. Vous verrez revenir un jour la Nielle avec Jean-Marie Bénic, qui aura des galons sur ses manches. Je me sens soldat, et je vous jure, pour l'avoir menée contre le loup, que la Nielle est brave aussi.

Il parlait d'une manière si ferme et si décidée que la veuve, sans avoir le courage de dire oui, ne crut cependant pas sage de dire non. Elle pleura, comme l'avait prévu Jean-Marie, et resta longtemps assise sur le banc de la grande salle de la Grénetière, donnant des conseils à son fils, et plusieurs fois les mêmes, mais avec plus d'amour et de larmes chaque fois. Pour les frères, qui étaient de bons cœurs aussi malgré leurs mines dures, ils regardèrent plus d'une demi-heure la mère et le cadet, sans rien dire du tout, et gagnèrent le lit en laissant sur la table leurs deux bolées de cidre toutes[1] pleines.

Le lendemain, avant le jour, Jean-Marie Bénic alla dans l'écurie détacher la Nielle, et, sautant sur le dos de sa belle jument, la pressant avec ses talons, il la conduisit une dernière fois au pré.

—Je veux que tu pâtures encore l'herbe de notre Grénetière, dit-il, et je veux revoir, moi, pour lui dire adieu, la
5 place où je t'ai si souvent gardée.

Personne n'était levé, même dans cette ferme où le
coq ne chantait pas le premier d'habitude. La campagne
basse était blanche de brouillard, et les bois, aux deux
extrémités de la prairie, apparaissaient comme au travers
10 d'un voile de fin lin. Jean-Marie, qui n'avait mis à sa
jument ni bride ni licol, la mena le long du ruisseau où
poussaient des menthes et des trèfles aussi hauts que le
genou, et, laissant brouter la bête, il regardait avec
émotion les belles bandes de pré qu'il ne faucherait ni
15 ne fanerait d'ici plusieurs années;[1] et ces bois sombres,
pareils à des fumées dans la brume, qui auraient perdu
plusieurs fois leurs feuilles, et grandi, et poussé avant
qu'il revînt; et derrière eux il devinait de souvenir[2]
toute la métairie, que jamais il n'avait quittée, les terres
20 où l'avoine semée de sa propre main dépassait déjà le
remblai des sillons et roulait au vent de mer, les jachères,
les landes, le bouquet de pins sur la dune, les sentiers
autour des champs, déserts et tendus de fils d'araignées.

—Mange ton saoul, la Nielle, disait-il, car tu n'auras
25 plus de menthe ni de trèfle à l'armée de l'empereur.

C'était un prétexte de ne pas partir encore. Il
croyait rester pour sa jument, et en vérité le cœur lui
manquait.

Comme le matin se levait, et que[3] les pointes de chênes
30 devenaient rouges à la crête des collines, Jean-Marie
Bénic monta debout sur la Nielle afin de voir plus loin;
il but ensuite un peu d'eau du ruisseau pour s'en rap-

peler le goût, et, quand un premier rayon de soleil toucha l'herbe du pré, le jeune homme, avec un cri sauvage comme si on l'eût blessé, mit la jument au galop et fila vers la ville.

A deux heures, il se présentait devant la commission d'achat, sous les arbres de la promenade publique. Il y avait là des centaines de paysans qui tenaient leurs chevaux par la bride, et qui déploraient la guerre en comptant leur argent. Plusieurs dirent:

—Voyez la jument de la Grénetière: l'empereur n'en a pas de plus jolie! Elle sera traversée par les balles; oh! la triste guerre! Elle sera tuée par les boulets. Voyez-la, comme elle passe avec un orgueil dans les yeux!

La Nielle, en effet, avait la tête levée, hennissait et piaffait. Le commandant de remonte[1] la regardait venir au milieu des clameurs, et admirait aussi la taille et l'air crâne de Jean-Marie Bénic.

—Jument d'officier, fit-il, jument de colonel pour le moins. Je te donne le maximum du tarif, mon garçon; es-tu content?

—Non.

—Qu'est-ce qu'il te faut?

—M'engager dans le régiment où servira la Nielle. Je ne veux pas la quitter.

Le commandant, qui avait de terribles moustaches blanches et l'air bon enfant, se prit à rire; puis, tout à coup, une larme lui vint aux yeux, sans être annoncée,[2] et il dit, tendant la main à Jean-Marie:

—Voilà un brave, j'en jurerais.

—On fera de son mieux, la Nielle et moi,[3] répondit le gars.

Quatre jours plus tard ils étaient du même régiment, loin du pays des Côtes, loin de la ferme bretonne où ils avaient grandi l'un et l'autre.

Et cela fit[1] un bon soldat et une bonne jument de
5 guerre.

La Nielle était échue au colonel du régiment, un homme jeune que l'empereur emmenait partout à sa suite. Quels beaux voyages depuis dix ans! Il avait vu toute l'Europe, moins les îles; il connaissait la couleur de
10 tous les drapeaux; il avait reçu dans sa main les clefs de plusieurs villes; il était revenu sans blessure de vingt charges à la tête de ses lanciers; et toutes les fois, régulièrement, il montait d'un grade sur l'ordre de celui qui savait tout et n'oubliait personne: brigadier, maréchal
15 des logis, marchef, sous-lieutenant, lieutenant, capitaine, commandant, colonel. Il avait pris chaque galon, tantôt de laine et tantôt d'argent, à la pointe de la lance: il attendait la vingt et unième charge pour passer général. Dix chevaux étaient morts sous lui. La Nielle le portait
20 fièrement, comme si elle eût compris. Lui, de temps en temps, dans les marches silencieuses, il se penchait sur le cou de la bête, et caressait l'étoile blanche du front.

Jean-Marie, barbu, bronzé, large d'épaules et astiqué comme pas un,[2] avait vieilli très vite hors de France et
25 pris figure de grognard. Il aimait la guerre et surtout la Nielle. Pour elle, plus d'une fois, il avait fauché de l'herbe ou de l'avoine avec son sabre en vue du camp ennemi, sous les balles qui sifflaient dans la moisson. Il fleurissait lui-même la têtière de sa belle jument d'autre-
30 fois, les jours où elle devait entrer dans une ville conquise; et, quand c'était une capitale, il y mettait un gros bouquet. Elle le reconnaissait à la voix; elle piaffait de

joie en passant près de lui les matins de revue, quand les visières des casques luisaient au-dessus des lances et qu'il y avait, comme avant la bataille, des commande- ments, des sons de trompette et l'éclair de l'acier qui se croisaient dans les plaines. 5

L'empereur commanda à ses lanciers d'attaquer un royaume.[1] Les lanciers, qui étaient en terre d'Italie, passèrent les montagnes. Tandis qu'ils descendaient sur les pentes, on eût dit des taillis[2] en marche; mais la blancheur des pointes ne venait pas de la rosée, Sei- 10 gneur! ni de la neige. Les gens du pays, du creux des vallées, regardaient en l'air, et ils avaient peur.

—Que la colère de l'empereur s'éloigne de nous! di- saient-ils.

Elle ne faisait que traverser.[3] Le soir, on voyait sur 15 les montagnes en face monter l'ombre des régiments.

La Nielle allait au pas, jamais lassée, tout en avant. Et quand ce fut l'heure de la bataille, l'empereur était là. Personne ne savait comment il était venu.

Mes enfants,[4] je n'ai assisté à aucune bataille, et je ne 20 puis pas vous répéter même le nom de celle-là; mais ce que j'ai appris de défunt mon oncle, qui s'y trouvait, c'est qu'elle fut terrible. Les morts étaient couchés à pleins champs, et les blessés ne se comptaient pas.[5] Parmi ceux-ci, Jean-Marie Bénic était tombé au revers 25 d'un sillon de blé mûr, une balle dans l'épaule. La ju- ment bleue avait emporté le colonel jusqu'au fond de la plaine, dans la fumée des canons.

Le pauvre gars pensait à la Grénetière. Le soleil était si chaud, qu'il cuisait le sang de sa blessure; et de 30 fatigue, de douleur aussi, Jean-Marie Bénic du pays des Côtes commençait à ne plus rien voir autour de lui,

quand il aperçut en avant un point bleu qui venait.
C'était comme un boulet de canon, avec deux souffles de
flamme à droite et à gauche. Il distingua bientôt des
oreilles, des pieds, une crinière, un cavalier; il reconnut
5 la Nielle, la Nielle qui fuyait, ayant, collé à son dos,
renversé à demi, le colonel, dont les mains avaient
laissé échapper les rênes. Elle franchit un fossé, elle
entra dans le blé mûr, elle passa à toute vitesse; mais le
blessé avait eu le temps de crier:

10   — La Nielle!

Alors, comme un grand corbeau d'hiver qui fait un
cercle avant de se poser, on vit la belle jument de guerre
courir autour du champ, revenir vers le blessé et s'arrêter
derrière lui, tendant le cou.

15   — Bénic, s'écria le colonel, as-tu encore tes deux jambes?

— Oui, mon colonel.

— As-tu tes deux bras?

— Je n'en ai plus qu'un de bon.[1]

— Moi, j'ai les mains brisées. Monte en croupe;
20 chargeons vite. Mes lanciers ont plié; les vois-tu qui
se débandent?

— Oui, mon colonel.

— Ah! Bénic, si j'avais mes deux mains!

— J'en ai une pour nous deux; ça suffit. Charge à
25 l'ennemi, ma Nielle bleue!

Ils fuyaient en effet, les lanciers, ayant cru que le
colonel fuyait lui-même. Mais sur la route, à rebrousse-
poil,[2] quand ils entendirent sa voix de commandement,
quand ils virent dans la poussière le poitrail de la Nielle
30 et deux hommes à cheval sur son dos, qui galopaient,
ils tournèrent bride, et, reprenant leur lance, ils char-
gèrent aussi.

Jean-Marie Bénic et la Nielle gagnèrent la bataille.
L'empereur fut content. Il rencontra le soir, en faisant
sa ronde de bivouac, Jean-Marie qui pleurait, assis par
terre, et qui tenait, de son bras valide, la bride de la
jument bleue. Étonné, il s'approcha. 5

—Un lancier de ma garde! Tu pleures un jour de
grande victoire! Tu es donc blessé?

—Oui, mon empereur; mais ça[1] n'est pas ça qui me
chagrine.

—Qu'as-tu? 10

—Mon colonel est mort.

—Je le sais; je le regrette plus que toi. Je vous ai
vus charger. Qu'as-tu encore?

—Ma jument, celle que j'avais élevée à la Grénetière,
dans le pays des Côtes. . . 15

Il ne put en dire plus long, il pleurait. L'empereur, à
la lueur des feux allumés de toutes parts, vit que la Nielle
était atteinte d'un éclat d'obus à la cuisse gauche. Il
croisa les mains derrière son dos, sous les basques de sa
redingote, et dit: 20

—Guérissez-vous tous deux, je le veux! Quand vous
serez guéris, allez-vous-en au pays des Côtes; vous m'avez
bien servi. Seulement je retiens[2] son premier poulain
pour ma garde, et, dans vingt ans d'ici, tu m'enverras
ton fils à toi:[3] j'en ferai un officier. 25

—Oui, mon empereur.

Cette journée rendit fier Jean-Marie pour toute sa vie,
qui fut longue. Il revit la Grénetière, les bois, les prés,
le ruisseau où les menthes buvaient le brouillard, et la
mère qui l'avait attendu en priant. Il n'avait qu'un 30
bras, comme la Nielle n'avait que trois pieds; mais de
ce bras-là il pouvait encore tenir une charrue, conduire

des bœufs et vider un verre. Ceux de son âge saluaient
son épaule morte,[1] quand il passait par le chemin. Et
les matins de marché, lorsqu'un grand paysan, tout las
de figure, arrivait au bourg sur une jument qui boitait
5 bien bas, les parents les montraient aux gamins, et
disaient:

— Voilà Jean-Marie Bénic, voilà la Nielle bleue: les
deux blessés de l'empereur!

LE MOULIN QUI NE TOURNE PLUS

Le moulin de maître[2] Humeau tournait si vite et si
10 bien, de jour, de nuit, par tous les temps, que le monde
s'en émerveillait et que le meunier s'enrichissait. Il était
haut sur une colline, solidement assis, bâti d'abord en
maçonnerie, d'où s'élevait une charpente. . . Oh! la belle
charpente, mes enfants, et que celui qui l'avait faite,
15 dans les temps dont on ne parle plus, devait être un bon
ouvrier! Elle commençait par un pivot d'un seul morceau, d'où partaient plus de trente poutres courbées portant la cage, les ailes, le toit, et le meunier qu'on ne
voyait pas. On avait abattu les arbres à plus de cent
20 mètres autour, et comme le pays était de plaine, très
étendu et très ouvert, le moulin, comme un phare, était
visible de partout. La moindre brise, qui traversait, le
rencontrait. Il n'en fallait, pour faire virer les ailes
blanches, que ce qu'il en faut pour que les blés chatoient.
25 Un orage le rendait fou.[3] Pendant l'hiver, quand soufflait le vent du nord, le meunier serrait toute la toile, et
ne laissait que le châssis en baguettes de châtaignier qui
suffisait à tourner la meule, et joliment, je vous assure.

Par la fenêtre, quand il ne dormait pas, maître Humeau regardait les ânes monter au moulin, comptait les fermes, où, le plus souvent, on lui devait quelque argent, et si les moissons mûrissaient, se réjouissait de ce que le bien des autres allait lui rapporter de profits assurés.[1] 5 «Un sac de blé, deux sacs de farine,» c'était sa devise et sa mesure.[2]   Il y gagnait encore assez pour être devenu, en peu d'années, le plus gros personnage du pays. Toute la semaine il était meunier, blanc des pieds à la tête; mais, le dimanche, on l'eût[3] pris pour un vrai seigneur, 10 tant il avait[4] de beaux habits, la mine fraîche et l'air content de vivre.   «Maître Humeau!» disaient tous les gens.   «Eh! mon bonhomme!»[5] répondait-il.

On ne lui en voulait pas. Il était honnête. A vieillir,[6] malheureusement, un peu d'avarice lui vint. La richesse 15 lui fit le cœur plus dur, et il se montra plus exigeant envers les débiteurs qui payaient mal, moins accueillant envers les pauvres qui n'avaient ni chevaux, ni charrettes, ni ânes, ni mulets, et portaient au moulin tout leur froment dans une poche. Un jour que sur la plaine, 20 toute blonde de chaumes, une brise fraîche s'était levée, qui faisait tourner à ravir les quatre ailes de toile, le meunier et sa fille, les bras croisés sur l'appui de la fenêtre, causaient de l'avenir, et, comme il arrive toujours, l'imaginaient encore plus beau que le présent. 25 Cette fille était jolie, plus demoiselle que meunière,[7] et, sans être méchante, avait pris l'habitude, par la faute de ses parents qui la gâtaient, de juger le monde du haut de son moulin, c'est-à-dire d'un peu trop haut.

—Jeannette, disait le père, les affaires marchent bien. 30
—Tant mieux pour vous!
—Tant mieux aussi pour toi, Jeannette; car, dans

deux ans, ou je ne m'y connais pas, ta dot sera mise de côté, le moulin vendu, et je crois que les bourgeois de la ville, même les plus gros, se disputeront à qui[1] deviendra le gendre d'un rentier comme moi.

5   La fille souriait.

—Oui, j'ai eu raison, reprenait-il, de refuser ces petites moutures qui donnent autant de mal que les grandes, et qui ne rapportent rien. La clientèle des besogneux, je n'y tiens pas. Qu'ils aillent à d'autres! N'est-ce pas,
10 fillette?

La jeune meunière étendit le bras vers un chemin creux, ancienne route à peu près abandonnée, toute couverte de saules, qui s'ouvrait au bas de la butte du moulin, descendait jusqu'au plus profond de la vallée, et,
15 rencontrant un ruisseau, le suivait en se tordant, comme un gros sillon vert, jusqu'à l'extrême lointain où les lignes s'effacent. Par là venaient encore, au temps des récoltes, les charrettes chargées de foin, de blé ou d'avoine, et toute l'année, mais peu nombreux, les habi-
20 tants des rares métairies perdues dans la partie humide de la plaine. Jeannette montra donc un point de la vieille route, et dit:

—Voilà justement la veuve du Guenfol[2] qui monte! Elle a son fils avec elle. Que portent-ils donc sur le dos?
25 Des sacs de grain, si je vois net! Une bonne cliente, la veuve du Guenfol!

Elle se mit à rire si joliment, que les ailes du moulin, qui tournaient pour moins que cela, se mirent à virer plus vite.

30   — Une glaneuse, une gueuse! répondit maître Humeau. Tu vas voir comme je la recevrai!

Il demeura les coudes appuyés sur le bord de la fe-

nêtre, et avança un peu sa tête enfarinée, tandis que la
femme, péniblement, commençait à gravir le raidillon.
Elle était toute courbée, la veuve du Guenfol, sous le
poids d'une poche aux trois quarts pleine, qu'elle portait
sur le dos et retenait des deux mains par-dessus l'épaule 5
gauche. Trois fois elle s'arrêta avant d'atteindre le
sommet de la colline. Et, quand elle jeta enfin son sac
près de la porte du moulin, elle soupira de fatigue et de
plaisir.

—Ah! dit-elle en regardant son fils, un petit de cinq 10
ans tout frisé, nous sommes au bout de nos peines, Jean
du Guenfol!

Elle leva la tête.

—Bonjour, maître Humeau et la compagnie.[1] Voilà
du joli blé[2] que je vous apporte. Il n'y en a pas beau- 15
coup, mais je le crois de bonne sorte.

—Vous pouvez le remporter, fit le meunier; mon
moulin ne tourne pas pour quatre boisseaux de froment.
Il lui faut de plus grosses bouchées.

—Vous l'avez bien fait[3] l'an passé?   20

—Oui, seulement je ne le fais plus. Est-ce compris?

C'était si bien compris que la veuve pleurait déjà, en
considérant sa poche de grain et la pochette du petit
Jean, étalées côte à côte, appuyées l'une contre l'autre,
comme une poule grise et son poussin. Les remporter, 25
était-ce possible? Le meunier ne serait pas si cruel. Il
plaisantait. Et, faisant mine de s'en retourner:

—Viens, dit-elle, Jean du Guenfol; maître Humeau
va prendre ton sac et le mien, et il nous rendra de la
farine blanche!   30

Elle prit par la main son fils, qui regardait en l'air,
vers la lucarne du moulin, et qui disait: «Il ne veut pas!

Méchant meunier qui ne veut pas!» Mais à peine avait-elle descendu la moitié de la pente que l'homme, tout en colère, parut au seuil de la porte, et puisant dans le sac à pleines mains, lança des poignées de froment contre
5 ces pauvres.

— Le voilà votre grain! Revenez le chercher, si vous ne voulez pas que tout y passe,[1] mendiants que vous êtes, mauvais payeurs !

Et les grains de la glane s'échappaient de ses lourdes
10 mains; ils roulaient sur la pente; ils pleuvaient sur la mère et le fils, et, si grande était la force du meunier qu'il y eut toute une poignée qui vola jusqu'au sommet du moulin, et retomba comme grêle sur le toit.

On entendit un craquement, et les ailes s'arrêtèrent
15 net. Mais le meunier n'y prit point garde, car il remontait déjà l'échelle intérieure, tandis que la veuve, toute désolée, relevait un sac à moitié vide. La belle Jeannette riait à la fenêtre.

Un cotillon gris, une veste noire, c'est vite caché dans
20 la campagne feuillue. En peu de minutes, maître Humeau et sa fille eurent perdu de vue les deux pauvres. Alors ils cessèrent de rire, et s'aperçurent que le moulin ne tournait plus. Les ailes remuaient du bout, frémissaient, pliaient un peu, comme si elles étaient impatientes de
25 repartir; mais le pivot résistait au vent. Le moulin était arrêté.

— Je vais lui donner de la toile, dit le meunier; c'est la brise qui aura faibli.[2]

Et, d'un tour de manivelle, il déploya, sur les traverses
30 de bois, toute la toile qu'il déployait dans les jours où le vent se traîne, paresseusement, dans les cieux calmes. La charpente entière fut ébranlée, les murs du moulin

tremblèrent, et l'une des ailes se rompit sous la violente poussée de l'air.

—Maudits mendiants! s'écria maître Humeau, voilà ce que c'est que[1] de les écouter! Il y aura eu quelque saute de vent, bien sûr, pendant que je les renvoyais! 5

Les ouvriers, dès le lendemain, se mirent à réparer le moulin du meunier. Celui-ci les paya, tendit sa toile, comme à l'habitude, et écouta de l'intérieur de son réduit, près de ses meules immobiles, attendant ce roulement d'en haut, cette plainte du bois qui, tous les matins, 10 annonçaient que les ailes commençaient à virer. Il dut bien vite rentrer sa toile, de peur d'un accident nouveau. Les poutres longues pliaient comme des cerceaux, et rien ne tournait.

—Ces ouvriers de village sont des ignorants et des 15 gâcheurs d'ouvrage! dit le meunier. J'en ferai venir de la ville, et nous verrons!

Il eut, en effet, des ouvriers de la ville, qui démolirent le toit, remplacèrent les quatre ailes, l'engagèrent en de grosses dépenses, et cependant ne réussirent pas mieux 20 que n'avaient fait les autres. Quand on voulut essayer leur machine nouvelle, le vent ne put la mettre en mouvement. Il siffla dans les traverses, tendit la toile, la creva même, et ce fut tout.

Cependant la clientèle s'en allait. Maître Humeau 25 commençait à avoir des procès, à cause des fournitures qu'il avait promises et qu'il ne livrait point. La dot de Jeannette ne s'enflait pas, bien au contraire. Le meunier et sa fille commencèrent à pleurer.

—Je ne comprends rien à ce qui nous arrive, dit 30 Jeannette; mais je crois que ces gens du Guenfol y sont pour quelque chose.[2] Nous les avons offensés, et peut-être qu'ils découvriraient la raison pour laquelle le moulin ne tourne plus.

—S'il ne fallait qu'un beau cadeau pour leur faire lever le sort qui pèse sur nous, répondit le meunier, je 5 n'y regarderais pas.

—Allez donc, et soyez très doux, mon père; car notre fortune dépend peut-être de ces pauvres.

Maître Humeau obéissait toujours à sa fille, même quand elle n'avait pas raison. Mais en cette circon- 10 stance il fit bien de l'écouter.

Par les chemins, si verts qu'ils en étaient noirs, le long du ruisseau, il se rendit au Guenfol. A mesure qu'il s'avançait vers le fond de la plaine, l'air devenait plus humide: des grenouilles sautaient sur la mousse de la 15 route abandonnée; le parfum des plantes à larges feuilles, des foins jamais coupés, des roseaux qui entamaient la chaussée ou dentelaient le courant, dormait au ras du sol. Et le meunier, habitué aux sommets, respirait mal et se sentait d'autant mieux porté à la pitié. Sous les 20 branches, à quelques pas de la rivière et toute couverte de moisissure, il aperçut la maison du Guenfol: herbes au pied, herbes pendant du toit, elle avait comme une chevelure que le vent mêlait ou démêlait. On n'entrait là qu'en se courbant. Maître Humeau n'y entra pas, car 25 il découvrit en même temps un champ tout étroit qui montait en pente douce, un champ qui ressemblait à une plate-bande et où travaillait un enfant. Jean du Guenfol avait jeté sa veste sur le talus, et, dans la mince bande de terre, il bêchait de toute sa force, et l'on voyait 30 autour de lui tant de tiges défleuries, de pavots, de menthe et de lavande surtout, que le nombre en était plus grand que celui des tuyaux de chaume.

—Voilà donc la mauvaise boisselée de terre d'où ils tirent leur vie! pensa le meunier. Et c'est le petit qui la remue! Holà, Jean du Guenfol!

L'enfant se retourna, reconnut maître Humeau, et rougit, sans quitter le sillon où sa bêche venait de s'enfoncer. Mais, comme il était habitué à parler honnêtement à tout le monde, il demanda:

—Que voulez-vous, maître Humeau?

—Mon moulin ne tourne plus depuis le jour où vous êtes venu, ta mère et toi, mon petit ami.

—Je n'y peux rien.[1]

—Peut-être que si, peut-être que non. Ma fille Jeannette s'est mis en tête que mon moulin, qui s'est arrêté en vous voyant de dos,[2] pourrait bien repartir en vous voyant de face.

—Ma mère est morte de misère, répondit Jean du Guenfol. Depuis quinze jours il n'y a plus que moi pour ensemencer notre champ, car ma grand'mère est toute vieille. Laissez-moi, maître Humeau. Je n'ai pas le temps de vous suivre.

Il avait soulevé sa bêche et frappait la terre, qui s'éboulait en mottes velues. Les pavots tombaient, la menthe s'évanouissait en poussière, la lavande se brisait en fils bleus.

—Tu ne fais qu'enfouir de mauvaises graines dans ton champ, reprit le meunier. Écoute-moi: si tu m'accompagnes au moulin, et si tu découvres ce qu'il a,[3] je te donnerai cinq sacs de farine, de quoi manger tout ton hiver.

—Je n'ai pas le temps.

—Tu en choisiras dix au versoir de mes meules.

—Maître Humeau, je ne suis point ouvrier en moulins, et je ne sais pas ce qu'ont vos ailes.

—Jean du Guenfol, je te ferai bâtir une maison neuve
au bas de mon coteau, pour ta grand'mère et pour toi, et
je t'abandonnerai un de mes champs grand comme trois
fois le vôtre.

5   Le petit laissa tomber la bêche, et suivit l'homme.

Quand ils furent devant le moulin, les ailes ne tournèrent pas toutes seules, comme l'avait cru Jeannette.
Mais le petit monta par l'échelle, puis derrière lui le
meunier et sa fille, qui, n'ayant plus d'autre espoir, le
10 suppliaient, chacun à son tour:

—Regarde bien, Jean du Guenfol! Désensorcelle
notre moulin! Regarde bien, regarde tout!

Le petit fureta dans les coins, parce qu'il prenait plaisir à visiter le moulin.   Il voulut grimper jusqu'au pivot
15 des ailes, et le meunier se courba disant:

—Monte sur mes épaules, petit; sur ma tête: tu n'es
pas lourd! Vois-tu quelque chose du côté du pivot?

—Je ne vois rien, dit Jean du Guenfol; mais je sens
l'odeur de notre blé!

20   A ce mot-là, maître Humeau fut si troublé qu'il en
faillit tomber à la renverse. Il s'appuya aux murs de
bois de son moulin, et dit:

—Jean du Guenfol, je te promets. . .

Déjà l'enfant avait passé sa main dans l'ouverture où
25 l'arbre de pivot tournait si bien jadis. Et comme il
avait la main fine, il tâta les bords de la fente, reconnut
le grain de blé au toucher, le retira . . . et aussitôt les
quatre ailes, poussées par le vent d'automne, virèrent en
faisant chanter tout le bois de la charpente.

30   Depuis lors, nuit et jour, le moulin n'arrête plus.

C'est pour cela qu'on voit maintenant sur la pente une
maison nouvelle, avec un champ qui est grenant, comme

pas un,[1] et qui n'a d'ombre, aux mois d'été, que les quatre ailes du moulin.

LA BOÎTE AUX LETTRES

Nul ne pourrait dire la paix qui enveloppait cette cure de campagne. La paroisse était petite, honnête moyennement, facile à vivre, habituée au vieux prêtre qui la dirigeait 5 depuis trente ans. Le bourg finissait au presbytère. Le presbytère touchait aux prés en pente qui s'en allaient vers la rivière, et d'où montait, à la saison chaude, toute la chanson de la terre mêlée au parfum des herbes. Derrière la maison trop grande, un potager entamait le pré. 10 Le premier rayon de soleil était pour lui, et le dernier de même. On y voyait des cerises dès le mois de mai, des groseilles souvent plus tôt, et, une semaine avant l'Assomption,[2] le plus souvent, on ne pouvait passer à cent mètres de là sans respirer, entre les haies, le parfum 15 lourd des melons mûrissants.

N'allez pas croire que le curé de Saint-Philémon fût gourmand: il avait l'âge où l'appétit n'est qu'un souvenir, le dos voûté, la face ridée, deux petits yeux gris dont l'un ne voyait plus, des lunettes rondes et une[3] oreille si 20 dure, qu'il fallait faire le tour et changer de côté quand on l'abordait par là. Ah! Seigneur, non il ne mangeait pas tous les fruits de son verger! Les gamins en volaient leur grande part, et surtout les oiseaux: les merles qui vivaient là toute l'année grassement, et chantaient 25 en retour de tout leur mieux; les loriots, jolis passants qui les aidaient pendant les semaines de grande abondance, et les moineaux, et les fauvettes de tout plumage,

et les mésanges, espèce pullulante et vorace, touffes de
plumes grosses comme un doigt, pendues aux branches,
tournant, grimpant, piquant un grain de raisin, égrati-
gnant une poire, vraies bêtes de rapine enfin, qui ne
5 savent donner en récompense qu'un petit cri aigre
comme un coup de scie.   Même pour elles, la vieillesse
avait rendu indulgent le curé de Saint-Philémon.   «Les
bêtes ne se corrigent pas, disait-il; si je leur en voulais
de ne pas changer, à combien de mes paroissiens devrais-
10 je en vouloir aussi!»   Et il se contentait de frapper ses
mains l'une contre l'autre, en entrant dans son verger,
afin de ne pas être témoin de trop fortes déprédations.

　　Alors c'était une levée d'ailes, comme si toutes les
fleurs des herbes folles, coupées par un grand vent,
15 s'étaient mises à voler: des grises, des blanches, des
jaunes, des bigarrées; une fuite légère, un froissement
de feuilles, et puis la paix, pour cinq minutes.   Mais
quelles minutes!   Songez qu'il n'y avait pas une usine
dans le village, pas un métier ou un marteau de forge, et
20 que le bruit des hommes, de leurs chevaux et de leurs
bœufs, répandus à travers les campagnes, isolés, invisi-
bles, se fondait et mourait dans le frémissement de l'air
qui montait tout le jour de la terre chauffée.   Les moulins étaient inconnus, les routes peu fréquentées, les
25 chemins de fer extrêmement loin.   Si le repentir de ces
dévaliseurs de jardin avait duré, l'abbé se serait endormi
de silence sur son bréviaire.

　　Heureusement, le retour était prompt; un moineau
donnait l'exemple, un geai suivait: la volière au complet
30 se remettait à l'œuvre.   Et l'abbé pouvait passer et repasser, fermer son livre, ou l'ouvrir, murmurer: «Ils ne
me laisseront pas une graine cette année;» c'était fini:

aucun oiseau ne quittait sa proie, pas plus que s'il se fût agi[1] d'un poirier taillé en cône, de feuille épaisse, et se balançant en mesure sur le sable de l'allée.

Les oiseaux devinent que ceux qui se plaignent n'agissent pas. Chaque printemps, ils nichaient autour de la cure de Saint-Philémon en plus grand nombre que partout ailleurs. Les meilleures places étaient vite occupées: les creux des arbres, les trous des murs, les fourches à trois branches des pommiers ou des charmes, et l'on voyait un bec brun, comme une pointe d'épée, sortir d'une poignée de gros foin entre tous les chevrons du toit. Une année que tout était pris, je suppose, une mésange dans l'embarras avisa cette fente[2] régulière, protégée par une planchette, qui s'enfonçait dans l'épaisseur des moellons, à droite de la porte d'entrée du presbytère; elle s'y glissa, revint satisfaite de l'exploration, apporta des matériaux et bâtit le nid, sans rien négliger de ce qui devait le tenir chaud, ni la plume, ni le crin, ni la laine, ni les écailles de lichen qui couvrent les vieux bois.

Un matin, la servante Philomène arriva d'un air furieux, tendant un papier. C'était sous la tonnelle de laurier, au fond du jardin.

—Tenez, monsieur le curé, v'là[3] un papier, et sale encore! Ils en font de belles!

—Qui donc, Philomène?

—Vos oiseaux de malheur, tous les oiseaux que vous souffrez ici! Ils nicheront bientôt dans vos soupières. . .

—Je n'en ai qu'une.

—Ont-ils pas[4] eu l'idée de pondre dans votre boîte aux lettres! Je l'ai ouverte parce que le facteur sonnait, ce qui ne lui arrive pas tous les jours. Elle était pleine:

du foin, du crin, des fils d'aragne, de la plume de quoi
garnir un édredon, et, au milieu de tout ça, une bête que
je n'ai pas vue, qui siffle comme une vipère!

Le curé de Saint-Philémon se prit à rire, comme un
5 aïeul à qui l'on raconte les frasques d'un enfant.

—Ça doit être une mésange charbonnière, dit-il; il
n'y a qu'elles[1] pour inventer des tours pareils. N'y
touchez pas surtout, Philomène!

—N'y a pas[2] de danger, pour ce que c'est beau!
10 L'abbé se hâta, traversa le jardin, la maison, la cour
plantée d'asperges, jusqu'au mur de clôture qui séparait
le presbytère du chemin public, et là, d'un effort discret
de la main, entr'ouvrit la niche monumentale, où la correspondance annuelle de toute la commune aurait pu
15 tenir.[3]

Il ne s'était pas trompé. La forme du nid en pomme
de pin, sa couleur, la composition de la trame, de la
chaîne et de la doublure qui transparaissait, l'épanoui-
rent. Il écouta le sifflement de la couveuse invisible, et
20 répondit:

—Sois tranquille, petite, je te connais: vingt et un
jours d'incubation, trois semaines pour élever la famille,
c'est ce que tu demandes? Tu les auras: j'emporte la
clef.

25 Il emporta la clef, en effet, et quand il eut rempli ses
obligations du matin: visite à des paroissiens dans la
peine ou dans la misère; recommandations au messager,
qui devait choisir pour lui des graines à la ville; ascension du clocher, dont un orage avait descellé quelques
30 pierres, il se ressouvint de la mésange, et songea qu'elle
pourrait être troublée par l'arrivée d'une correspondance, la chute d'une lettre en pleine couvée.

L'hypothèse était peu vraisemblable: on ne recevait, à Saint-Philémon, pas plus de lettres qu'on n'en expédiait. Le facteur n'était guère qu'un promeneur mangeant la soupe chez l'un, buvant un coup chez l'autre, et remettant, de loin en loin, une épître de conscrit ou un avis 5 d'impôt dans une ferme écartée. Cependant, comme la Saint-Robert[1] approchait, laquelle, comme on sait, tombe le vingt-neuvième jour d'avril, l'abbé crut prudent d'écrire aux trois seuls amis vraiment dignes de ce nom que la mort lui eût conservés, un laïque et deux clercs: 10 « Mon ami, ne me souhaitez pas ma fête cette année. Je vous le demande. Il me serait désagréable de recevoir une lettre en ce moment. Plus tard je vous expliquerai, et vous comprendrez mes raisons.»

Ils crurent que son œil déclinait, et n'écrivirent 15 point.

M. le curé de Saint-Philémon s'en réjouit. Pendant trois semaines, il ne passa pas une fois dans l'encadrement de la porte sans penser aux œufs tiquetés de rose qui reposaient là, tout près, et, quand le vingt-deuxième 20 jour eut sonné, s'étant courbé, il écouta, l'oreille collée aux lèvres de la boîte, puis se redressa, radieux:

—Ça[2] gazouille, Philomène, ça gazouille! En voilà qui me doivent la vie, par exemple;[3] et ce n'est pas eux qui regretteront ce que j'ai fait, ni moi non plus!   25

Il avait en lui, tout vieux qu'il fût, des coins d'âme d'enfant qui n'avaient pas vieilli.[4]

Or, en même temps, dans le salon vert de l'évêché, au chef-lieu du département, l'évêque délibérait sur les nominations à faire, avec ses conseillers ordinaires, ses 30 deux vicaires généraux, le doyen du chapitre, le secrétaire général de son évêché et le directeur du grand

séminaire.   Après avoir pourvu à quelques postes de vicaires et de desservants, il opina ainsi:

—Messieurs du conseil, j'ai un candidat de tous points
excellent pour la cure de X* * *; mais il me paraît con-
5 venable de proposer du moins cette charge et cet honneur à l'un de nos plus anciens desservants, celui de
Saint-Philémon.   Il n'acceptera pas sans doute, et sa
modestie non moins que son âge en sera la cause; mais
nous aurons rendu hommage, autant qu'il est en nous, à
10 sa vertu.

Les cinq conseillers furent unanimes dans l'approbation, et, le soir même, une lettre partait de l'évêché,
signée par l'évêque, et qui portait en post-scriptum:
« Répondez immédiatement, mon cher curé, ou plutôt
15 venez me voir, car je suis obligé de faire ma proposition
d'ici trois jours[1] au gouvernement.»

La lettre parvint à Saint-Philémon le jour même de
l'éclosion des mésanges.   Elle fut glissée avec peine, par
le facteur, dans l'ouverture de la boîte, y disparut, et
20 resta là, touchant la base du nid, comme un pavage blanc
au fond de la chambre obscure.

Et le temps vint où, sur les ailerons des mésangeaux,
les tuyaux bleus tout pleins de sang se garnirent de duvet.
Quatorze petits, piaillant, flageolant sur leurs pattes
25 molles, le bec ouvert jusqu'au-dessus des yeux, ne cessèrent, de l'aube au soir, d'attendre la becquée, de la
manger, de la digérer et d'en demander d'autre. C'était la
première période, où les nourrissons n'ont pas d'esprit.
Elle dure peu pour les oiseaux.   Bientôt il y eut des dis-
30 putes dans le nid, qui commença à céder sous l'effort des
ailes; on y fit des culbutes par-dessus bord, des excur-
sions le long des parois de la boîte, des stations près de

l'entrée de la caverne, par où se glissait l'air du monde. Puis on se risqua dehors.

Le curé de Saint-Philémon assista, d'un pré voisin, avec un extrême plaisir, à cette *garden-party*. En voyant les petits apparaître sous la planchette de la boîte 5 aux lettres, deux, trois ensemble, prendre leur vol, rentrer, repartir comme des abeilles à la trappe d'une ruche, il se dit: «Voilà une enfance terminée et une bonne œuvre finie: ils sont tous drus.»

Le lendemain, pendant l'heure de loisir qui suivait le 10 dîner, il se rendit près de la boîte, la clef en main. «Toc, toc,»[1] fit-il. Rien ne répondit. «Je le pensais bien,» murmura le curé. Et il ouvrit, et, mêlée aux débris du nid, la lettre lui tomba dans la main.

—Grand Dieu![2] dit-il en reconnaissant l'écriture, 15 une lettre de Monseigneur! et en quel état! et depuis quel temps?

Il pâlit en la lisant.

—Philomène, attelez Robin, et vite!

Elle vint voir avant d'obéir.   20

—Et qu'avez-vous, monsieur le curé?

—L'évêque m'attend depuis trois semaines!

—Ça ne se rattrape pas,[3] dit la vieille.

L'absence dura jusqu'au lendemain soir. Quand le curé de Saint-Philémon rentra chez lui, il avait l'air pai- 25 sible; mais la paix quelquefois ne va pas sans effort, et nous luttons pour la maintenir. Quand il eut aidé à dételer Robin, donné l'avoine, changé de soutane, et vidé le coffre où il rapportait une vingtaine de petits colis achetés pendant l'expédition urbaine, il était l'heure 30 où, dans les branches, les oiseaux se racontent la journée. Une pluie d'orage était tombée, des gouttes d'eau pleuvaient encore des feuilles remuées par ces couples de bohémiens cherchant la bonne place pour la nuit.

En reconnaissant leur maître et ami qui dévalait l'allée sablée, ils descendaient, voletaient, faisaient un bruit
5 inusité, et les mésanges, celles du nid, les quatorze encore mal emplumées, essayaient leurs premières spirales autour des poiriers, et leurs premiers cris à l'air libre.

Le curé de Saint-Philémon les observa d'un œil paternel, mais avec une tendresse mélancolique, comme on
10 regarde ceux qui nous ont coûté cher.

—Allons, mes petites, dit-il, sans moi vous ne seriez pas ici, et sans vous je serais curé de canton. Je ne regrette rien, non; mais n'insistez pas: vous avez la reconnaissance bruyante.

15 Il frappa dans ses mains, impatienté.

Et jamais il n'avait eu d'ambition, non, bien sûr; et en ce moment même il était véridique. Cependant le lendemain, après une nuit coupée d'insomnies, causant avec Philomène, il lui dit:

20 —L'année prochaine, Philomène, si la mésange revient, vous me préviendrez. C'est incommode, décidément.

Mais la mésange ne revint pas, ni la grande lettre timbrée aux armes de l'évêque.

QUINZE BILLETS BLEUS[1]

Lorsque M. Poupry, rentier, c'est-à-dire clerc de notaire
25 honoraire, apprit qu'il était désigné comme légataire universel « des biens meubles et immeubles dépendant de la succession de mademoiselle Morel, ancienne couturière,» il eut un moment de contrariété. Encore un enterrement! Il savait qu'à force de suivre celui des

autres on arrive au sien. Il n'aimait pas l'enterrement, qui rappelle cette destinée.

Il dut cependant prendre sa redingote, son meilleur chapeau de soie, et se rendre, à neuf heures, devant la « maison mortuaire,» que décorait une bande de mauvaise 5 étoffe noire, tendue autour de la porte par les soins du monopole.[1] Une foule, composée exclusivement de femmes et de jeunes filles, stationnait là, dehors, sous la pluie fine d'hiver. Elle s'écarta sur le passage de M. Poupry, et elle se reformait derrière lui, tandis que les 10 têtes se levaient, au deuxième rang, au troisième, se penchaient, murmuraient: « C'est l'héritier, c'est lui, M. Léon Poupry, l'ancien clerc.» Il entendait. Cela le gênait, toutes ces curiosités féminines en mouvement, et ces yeux de trottins, petites-mains, essayeuses, ouvrières, qui 15 le dévisageaient, et souriaient comme s'il eût été un cosaque du tsar. Il se sentait prisonnier en arrière, obligé moralement de s'avancer dans le chemin qui s'ouvrait et qui le conduisait droit au goupillon, au cercueil couvert d'un drap blanc et orné de trois couronnes en 20 perles. Force lui fut d'entrer dans le couloir, de tourner à gauche et de pénétrer dans une pièce obscure, où se tenaient six femmes en deuil, vieilles amies de la défunte qui ne laissait pas de parents, et six « Enfants de Marie»[2] en blanc, qui avaient, en cette ombre, de vagues figures 25 roses, et des châles de laine tricotée sous leur voile, à cause du froid. Les employés des Pompes funèbres,[3] selon l'usage populaire, déjeunaient sur le coin d'une table. Ils n'avaient que deux verres pour trois, et avalaient en hâte du pain, du beurre et un peu de lard, car 30 la cloche de l'église voisine sonnait pour la « levée du corps.»

— Monsieur, dit une des femmes en s'approchant, monsieur Poupry?

Il distingua, d'un effort de ses yeux tendus dans l'ombre, une tête maigre, ridée, un peu égarée, et dit, 5 presque à coup sûr:

— Qu'y a-t-il, mademoiselle?

Elle reprit, très bas, avec des regards de côté:

— C'est que j'ai une dette envers mademoiselle Morel, une grosse, soixante-cinq francs... Est-ce bien pressé?... 10 Ferez-vous poursuivre?...[1]

Il haussa les épaules, doucement, parce qu'il était doux:

— Je vous remettrai le billet, voilà,[2] restez tranquille.

Il y eut un murmure dans la chambre: « Qu'a-t-il dit? Avez-vous entendu?» La vieille fille devint un centre 15 d'informations, autour duquel se groupaient des robes noires et des robes blanches, en rond, comme des pétales. M. Poupry devina qu'il grandissait en ce moment, qu'il devenait un personnage, et, de plus en plus gêné, sortit, pour prendre la tête du cortège.

20   Il marchait, seul homme conduisant cette longue théorie de femmes, immédiatement après les six Enfants de Marie qui tenaient les cordons du poêle.[3] Et il pensait à cette excellente mademoiselle Morel, qui avait cousu, taillé, peiné, épargné pendant trente ans, et qui lui lais-25 sait sa fortune. Combien? Peu de chose sans doute, il le saurait tout à l'heure. Il n'avait avec elle aucune parenté, pas même des relations de voisinage, mais il lui avait rendu quelques services autrefois, du temps qu'il travaillait dans l'étude de maître[4] Chenu. Brave créa-30 ture, si humble, à qui pas une fois la vie n'avait souri, et qui n'avait jamais eu l'air de rien souhaiter au delà du pain quotidien.

Au cimetière, quand la cérémonie funèbre fut achevée, sur le sable mouillé des allées, il fut rejoint, enveloppé par les amies de mademoiselle Morel, des jeunes, des vieilles, toutes ouvrières de la couture ou de la mode, pas riches, et qui avaient quelque chose à demander. Elles 5 le faisaient gentiment, avec des yeux d'abord baissés, puis levés, puis souriants, qui mettaient le clerc honoraire comme en plein soleil.

— Monsieur, je suis mademoiselle Clémentine, mademoiselle Jeanne, mademoiselle Marie, mademoiselle 10 Maria; je voudrais bien avoir une petite statue qu'elle m'avait promise, un guéridon qu'elle voulait me donner; je désirerais acheter, si ce n'est pas trop cher, le lit, l'armoire, l'étagère où il y a des fleurs artificielles et trois boules de verre irisé. 15

Il répondait:

— Mais oui, mademoiselle, assurément, pour vous faire plaisir.

Quelqu'un dit:

— Il faudrait bien deux voitures, monsieur Poupry, 20 pour reconduire les petites en blanc?

Il tira de sa poche une pièce de cinq francs. Le nuage[1] se dissipa:

— Au revoir, monsieur; merci, monsieur.

L'héritier resta seul avec le notaire qui avait suivi en 25 retard, et qui arrivait.

— Je crois bien, dit-il, que je viens de distribuer tout le mobilier: mademoiselle Morel n'avait pas d'immeubles?

— Évidemment.

— A combien se monte le capital? 30

— Monsieur, vous avez trois legs de cinq cents francs chacun à acquitter. Avec les frais d'enterrement, de

succession, et ceux que je vous ferai,[1] il vous restera tout
juste le souvenir d'une bonne action.

M. Poupry inscrivit sur son calepin les noms des trois
élues qui devaient se partager les quinze billets bleus:
5 mademoiselle Estelle, mademoiselle Louise, mademoiselle
Maria, et, dès le lendemain matin, n'ayant rien de mieux
à faire, commença le rôle, inédit pour lui, de distributeur
de legs. Chez mademoiselle Estelle, c'était loin, dans
une banlieue en dos d'âne, où les maisons de pauvres
10 étaient serrées, égales et sombres comme un banc de
moules sur un rocher. Il ne la trouva pas. Mais il
laissa sa carte. Deux heures plus tard, comme il achevait
de déjeuner, la bénéficiaire entra, une maîtresse couturière de quarante ans, chétive, d'une misère timide et
15 aigrie, et dont le chapeau noir à une seule plume grise
avait fait au moins deux saisons de trop.[2] Elle ignorait
ce qu'il lui voulait. Il se leva, la serviette encore passée
dans le faux-col.

— Mademoiselle, j'ai été chargé, par cette pauvre ma-
20 demoiselle Morel, de vous remettre un petit souvenir...

En parlant, il cherchait dans sa poche la liasse de
cinq billets. Il la prit, et, regardant bien la légataire,
pour jouir de la surprise, il posa le petit cahier,[3] encore
relié par l'épingle, sur le coin de la table.

25 Il n'y eut qu'un battement de paupière. Mademoiselle
Estelle, qui n'avait pas dû[4] posséder souvent pareille
somme, ne parut ni heureuse, ni émue, ni étonnée, ni
confuse. Elle n'avança pas la main. Elle ne fit même
qu'effleurer du regard ce carré bleu posé sur la toile cirée
30 blanche, et baissa les yeux sur le parquet, disant:

—Je ne m'attendais à rien, monsieur Poupry. Bien
sûr, non!

Son seul sentiment paraissait être le besoin de s'excuser d'une telle fortune.

Le vieux clerc n'était pas psychologue. Il ignorait que, à force de ne pas servir, le ressort de la joie se rouille, et que la faculté d'épanouissement ressemblait ici à de la vieille poudre, bourrée, pressée, inutile depuis quarante ans, et qui fait long feu devant l'amorce.[1]

— Mais, prenez, mademoiselle, dit-il un peu froissé, prenez donc![2]

Lorsqu'elle fut sortie, il se pencha par la fenêtre, et vit que la vieille fille avait l'air de fuir. Elle courait presque; elle sautait; elle avait des mouvements d'ascension et d'envolée, comme un oiseau mouillé qui se souvient de ses ailes. C'était le bonheur qui grandissait.

— Ah! les femmes! dit M. Poupry, qui croyait les connaître, toujours hypocrites! Voyons la seconde.

Il eut un peu de mal à découvrir, dans un ancien hôtel devenu maison de vingt loyers, la chambre qu'habitait mademoiselle Louise, vaste salle carrelée, où des robes à moitié faites, des manches bouffantes, des corsages retournés montrant l'armature compliquée de leurs dessous, faisaient sur le dos des chaises comme[3] un mobilier riche.

— Ma sœur n'est pas encore rentrée, dit une femme d'une trentaine d'années, assez jolie, bien mise, un peu troublée de cette visite. Elle va rentrer... Je m'étonne même...

M. Poupry, cette fois, prit les cinq billets, et les étala, bien ouverts, l'un près de l'autre, sur la table où l'on taillait.

— Oh! monsieur, va-t-elle être contente![4] La pauvre

petite! Elle qui a été malade tout l'automne, et qui ne
peut plus guère travailler!

Au moment où il comptait le cinquième billet, elle
entra, rose d'avoir marché, sans se douter de ce que
5 venait faire ce vieux, penché là, près de sa sœur.

—Tiens, chérie, voilà pour toi... mademoiselle Morel...
un legs... cinq cents francs!...

Mademoiselle Louise s'arrêta, à deux pas de la porte;
le rose de ses joues disparut; elle regarda les billets
10 bleus, puis M. Poupry, puis les billets, puis sa sœur, et
sa poitrine s'emplit de sanglots, et ses yeux s'emplirent
de larmes jeunes, joyeuses, qu'elle n'essaya pas de retenir,
et qui coulèrent, sans un mot, sur son visage pâle et son
mantelet perlé.

15 —Vous voyez comme elle est, monsieur, une vraie enfant, une malade, émue de tout... Voyons, Louise, ne
reste pas comme ça, dis quelque chose,... remercie
monsieur...

—C'est déjà fait, dit M. Poupry.

20 —Et puis, viens écrire le reçu, je vais t'aider... là,
voici l'encrier, du papier...

Ce reçu! Elles s'étaient mises toutes deux,[1] l'une
assise, l'autre debout et courbée, pour le rédiger. Et
l'une tâchait de dicter, et l'autre tâchait d'écrire. Mais
25 les larmes tombaient sur la feuille blanche, la plume
tremblait, les lignes s'embrouillaient.

—Tiens, finis-le, dit la petite en se levant. Moi, je
ne vois plus!

La grande sœur haussa les épaules, comme une mère
30 indulgente et contente, et acheva le reçu avec beaucoup
de peine, c'est-à-dire avec beaucoup de joie aussi, mais
plus sage, tandis que mademoiselle Louise appuyait son

front aux vitres de la fenêtre et, même pour dire adieu, n'osait plus se retourner.

Le légataire universel des biens meubles et immeubles s'en alla satisfait, méditant sur les larmes de mademoiselle Louise, et sur la question sociale, dont il avait entendu parler. «Il faudrait beaucoup d'héritages comme le mien pour la résoudre, pensait-il. Mais j'envierais les distributeurs.» C'était un élégiaque au fond, ce vieux clerc qui avait passé sa vie dans la prose notariée. Il traversa la ville, du pas alerte que nous avons, quand l'esprit ne pèse rien en nous, et chercha le numéro de mademoiselle Maria, la troisième élue, dans un faubourg de vieille et haute mine, dont les maisons avaient encore des façades en colombage et des pignons en fer de lance.

—Au fond de la cour, monsieur, l'escalier de gauche, trois étages, la porte en face.

L'escalier le mena devant une porte ouverte, sur le seuil de laquelle une femme âgée balayait.

—Mademoiselle Maria?

La mère considéra avec un peu de méfiance cet homme qu'elle ne connaissait pas, et qui portait sous le bras une petite serviette en maroquin. Un huissier peut-être? Par politesse, mais froidement, elle se recula, et le laissa entrer.

C'était comme une serre, chez elle, et c'était aussi une volière. Des géraniums en pot, des camélias d'une coudée, dont l'unique tige était attachée à un tuteur, des marguerites défleuries, des pots de basilic et de grosses plantes trapues, épineuses, faites comme des hérissons, avec une fleur rouge éclatante plantée en pleine[1] chair. Et puis, au-dessus, accrochés au mur, des chardonnerets

en cage, des sansonnets, même un couple de linots qui
sifflaient dans la tiédeur du poêle allumé.

—Tout cela n'est pas à nous, dit la femme, craignant
qu'il ne[1] se méprît; la locataire du premier[2] voyage, et
5 nous gardons ses fleurs et ses oiseaux... Vous voulez
parler à Maria?...

Sur un signe affirmatif, elle appela, et une jeune fille
sortit de la chambre à côté.   Elle était fraîche, vive,
avec des yeux noirs et une bouche un peu grande qui
10 découvrait, même au repos, six dents blanches.

Lorsque M. Poupry lui eut répété sa formule du « petit
souvenir » laissé par mademoiselle Morel:

—Ah! dit-elle en tendant les mains, cela ne m'étonne
pas! J'étais toujours en retard, quand je travaillais chez
15 elle.   Nous demeurions si loin!   J'avais beau me dépêcher,[3] j'arrivais après la demie sonnée.   Elle me gron-
dait, elle s'impatientait... Elle a voulu réparer les petits
chagrins qu'elle m'a faits.

A quoi s'attendait-elle?   Probablement à un « cadre, »[4]
20 ou à une pelote de velours.   Elle rougit en recevant,
dans ses mains tendues, le premier billet, elle regarda sa
mère au second, et, quand elle aperçut le troisième, elle
sauta au cou de M. Poupry.

—Tant pis![5] dit-elle, vous êtes vieux, je vous embrasse!
25 M. Poupry se laissa faire.[6]   Il prolongea sa visite.   Il
demanda l'histoire de la mère, des nouvelles de la couture, des détails sur le sansonnet...

Depuis lors, il pense souvent, et toujours avec émotion, à la troisième légataire.   Quand on lui parle de la
30 succession de mademoiselle Morel et qu'on[7] lui demande
ce qui lui en est resté, il répond: «Un baiser.»   Mais il
ne s'explique pas.   Il n'est pas revenu.

La petite avait dit: « Vous êtes vieux, » et cela corri-
geait, et cela effaçait tout.

LE CHAPEAU DE SOIE

Le plus extraordinaire, le plus inquiétant des chapeaux
de soie que j'aie aperçus dans ma vie, occupait le compartiment central d'un bahut ancien, composé de trois 5
corps que séparaient des cloisons et que fermait une
seule porte de chêne sculpté.   Il était démesurément
haut et évasé, avec des bords démesurément larges, relevés et cambrés.   On l'eût pris pour le chapeau d'un
orateur populaire en 1848.   Le poil n'en était pas seule- 10
ment rouge et inégal; il offrait une série de mèches, de
tourbillons, d'éraflures, et ce luisant métallique, par endroits, que donne aux chapeaux des humbles l'emploi de
la brosse mouillée.

M. Narcisse ne pouvait cependant être compté parmi 15
les pauvres.   L'héritage d'une de ses tantes, et le malheur
qu'il avait eu, après un an de mariage, de perdre madame
Narcisse, lui assuraient, pour la fin de ses jours, une
aisance qu'il n'affichait pas, qu'il ne risquait pas, mais
qu'il appréciait.   Tout le monde savait d'où il venait. 20
Après la guerre de 1870, on avait vu arriver, dans ce
chef-lieu de canton de la Sarthe[1] où je l'ai rencontré, un
homme d'une quarantaine d'années, très grand, avec une
figure plate, des yeux bleus inquiets et doux, des cheveux
presque blancs plaqués le long des tempes et recourbés 25
en accroche-cœur.   Il se disait originaire d'une petite
ville de Lorraine,[2] où il avait rempli les fonctions de
greffier de la justice de paix, était bien accueilli en pays
manceau, achetait une maison, la meublait, et ne se dis-

tinguait plus de ses voisins que par sa taille plus élevée,
le sourire prudent qui lui servait souvent de langage, et
l'extrême réserve qu'il gardait lorsqu'on parlait devant
lui des épisodes de la guerre.

5   Pourquoi M. Narcisse avait-il donc serré dans son
bahut le chapeau hors de service qui reposait sur un
champignon de bois de rose, et que flanquaient deux
figurines devenues extrêmement banales et représentant
les deux provinces annexées?[1] Évidemment cette relique
10 très ridicule devait évoquer, dans le souvenir de M. Narcisse, un souvenir d'idylle ou de drame.

J'apprïs, du bonhomme lui-même, le secret qu'il avait
eu longtemps intérêt à garder, et qui peut être raconté,
maintenant que l'ancien greffier s'en est allé dans l'autre
15 monde.

C'était donc en janvier 1871, dans une petite ville de
Lorraine, et le jour de la fête des Rois.[2]   Les Allemands,
— une division bavaroise, — occupaient presque toutes
les maisons et tous les édifices publics.   Ils avaient même
20 établi un hôpital dans le vieil hôtel où s'étaient tenues
les audiences de la justice de paix, où M. Narcisse habitait encore, gardant ses registres, ses fournitures de
bureau et le fauteuil doublé de cuir du magistrat en fuite.
Pour célébrer la fête traditionnelle, le greffier avait tra-
25 versé le pont sur la rivière en ce moment gelée, s'était
réuni à quelques amis très sûrs, et, portes closes, à demi-
voix, tandis que le pas lourd des patrouilles faisait sonner
les vitres, il avait dit, levant son verre plein d'un petit[3]
vin de la Moselle: «A la France, mes amis! à la grande
30 reine!»

Il revenait, excité, moins par le vin que par les mots
dangereux, les mots défendus, que la peur enfonce dans

l'âme comme une mine prête à sauter. Les basques de
sa redingote et de son pardessus déboutonnés malgré le
froid claquaient au vent. Il marchait vite, la tête en
arrière et coiffée d'un chapeau de soie monumental que
connaissaient tous ses concitoyens. Il éprouvait dans 5
les bras comme[1] des secousses de colère, qui lui faisaient
serrer les poings. La nuit était à la fois brumeuse et
glacée, une de celles, trop nombreuses cet hiver-là, qui
endormaient du dernier sommeil les traînards des armées
en marche. M. Narcisse avait envie de briser les reins 10
à un ennemi. Et le malheur voulut[2] qu'un soldat bavarois, aux trois quarts ivre, insultât sur la route cet homme
qui passait avec raison pour le plus timide et le plus
rangé des plumitifs.

Ils s'étaient aperçus de loin, à quarante mètres peut- 15
être, venant en sens contraire. L'Allemand, très gros,
titubait et parlait seul. Ils se rencontrèrent sur le pont,
et le soldat dit, en mauvais français:

—Passe pas,[3] monsieur!

L'autre se porta à droite. Il se sentit bousculé, puis 20
saisi au collet, se dégagea d'un coup de poing, et, furieux,
avant que le soldat eût eu le temps de tirer son sabre,
l'enlaça de ses deux bras, le souleva dans un effort de
tous ses muscles raidis, et le jeta contre la borne d'angle
qui protégeait l'entrée du pont.   25

La nuque heurta le granit. L'homme resta étendu
sur son grand manteau subitement développé dans la
chute.

Narcisse regarda une minute son adversaire, évanoui
ou mort, il ne savait lequel. Et il n'avait pas encore 30
ressaisi la pensée, il n'était que le spectateur stupide de
son œuvre, quand un clairon sonna dans le quartier haut,

derrière lui.   Alors il eut peur, il comprit qu'on allait venir; il vit clairement la suite fatale de son aventure, l'officier à moustaches blondes qui commanderait: «Arrê- tez-le!» l'interrogatoire sommaire, la victime sortie de 5 son étourdissement et qui parlerait, les canons de fusil du peloton d'exécution[1] qui s'abaisseraient ensemble.   Il essaya de mettre l'homme debout contre le parapet.   Il y parvint à grand'peine.   Ses doigts n'avaient plus de force.   Et, comme une seconde fois le clairon sonnait, 10 couvre-feu sans doute ou alerte de nuit, le greffier poussa par les épaules ce corps inerte, qui bascula par-dessus la rampe et tomba dans le vide. . .

Le pauvre soupeur du jour des Rois racontait qu'il n'avait jamais entendu un bruit plus affreux que celui de 15 la glace qui se rompait sous le poids, et qui criait ensuite, d'un bord à l'autre, en se fendant.   Cela ressemblait à une plainte, à un appel.

Il courut jusqu'à la justice de paix, entra par la porte du jardin, et ne rencontra aucun des médecins alle- 20 mands.   La visite du soir était depuis longtemps faite. Les religieuses françaises veillaient seules les malades. Narcisse se coucha dans la chambre qu'il occupait sous les combles, et fut pris d'une fièvre violente.   Dans le délire, il se levait, frappait les murs, se penchait par- 25 dessus les chaises qui meublaient la mansarde, et criait: «Mais enfonce donc,[2] misérable! enfonce donc!» Si bien que, vers deux heures du matin, une des sœurs infirmières monta.

—Qu'est-ce que vous avez, monsieur Narcisse?... 30 Mais, oui, la fièvre, très forte. . .

Il se mit à crier:

—Non, ma sœur, un crime! un crime! un crime!

Elle ferma promptement la porte qu'elle avait laissée entr'ouverte, fit recoucher le pauvre greffier, lui ordonna de se taire, mais ne put obtenir le silence que quand il eut raconté toute la scène de la veille. Alors, il sembla reprendre sa raison, et devint soumis comme un enfant. Les larmes commencèrent à couler de ses yeux.

—Sauvez-moi, ma petite sœur, disait-il, répondez-leur que je ne suis jamais sorti... Vous ne les laisserez pas monter, n'est-ce pas?

La religieuse le rassura de son mieux, mais elle était extrêmement pâle lorsqu'elle se retira, parce que, ayant voulu mettre un peu d'ordre dans la chambre, en femme prudente qu'elle était, elle s'était aperçue que le chapeau avait disparu, le chapeau de soie aux bords légendaires.

Pendant trois jours, Narcisse ne quitta pas la mansarde. La fièvre le ressaisissait chaque nuit, et le délire, et cette mystérieuse passion de l'aveu, qui naît du sang versé. Le quatrième jour il déclara qu'il voulait voir, à tout prix, l'endroit où s'était passé le drame dont on parlait en ville. Et comme les religieuses l'avaient supplié de ne pas s'aventurer dehors, par ce froid, il dit à l'une d'elles, qu'il avait rencontrée dans le couloir:

—Vous m'avez donc caché mon chapeau? Ça n'est pas bien, ma sœur. Vous voyez, je suis obligé d'aller tête nue.

La sœur n'était pas dans la confidence. Elle répondit doucement:

—Mais, monsieur Narcisse, vous ne l'aviez pas, l'autre soir, quand vous êtes rentré. Je vous ai vu dans le jardin.

Il devint plus blanc que la cornette de la sœur.

Au même moment, sur la première marche de l'escalier

que M. Narcisse allait descendre, apparut un **sous-officier**
allemand, ganté, correct, qui, apercevant l'homme, fit le
salut militaire, et dit:

—Monsieur Narcisse?

5 —Lui-même.

Le greffier, devant l'ennemi, s'était retrouvé subitement. Il avait la tête haute.

Son visage rasé, encadré par deux accroche-cœur d'un
blond roux, son extrême pâleur, son grand corps qui
10 s'était redressé tragiquement, ses deux poings en garde
et rapprochés de la poitrine, lui donnaient l'air d'un
mauvais acteur de mélodrame.

Le malheureux jouait sa vie, tout bonnement, et il en
avait conscience.

15 —Ordre du général commandant les troupes d'occupation, dit le soldat, suivez-moi.

Par un matin clair, à travers les rues que la chute ré-
cente de la neige avait rendues silencieuses, Narcisse fut
conduit à la mairie, salle des mariages. Elle avait en-
20 core ses rideaux de reps vert et ses tables de chêne ciré,
la salle des mariages; seulement, à la place du maire en
écharpe, un général allemand était assis, entouré d'officiers. A droite, entre deux soldats, quelqu'un se tenait
debout, que Narcisse reconnut bien: le meunier dont le
25 moulin se trouvait au bord de la rivière, à deux cents
mètres au-dessous du pont. Enfin, sur la table, en belle
place,[1] le greffier aperçut le chapeau de soie, défoncé,
couturé, humide encore d'un séjour prolongé dans l'eau.

Une image lui traversa l'esprit, celle des deux initiales
30 d'or qu'il avait tant de fois recollées lui-même sur la
coiffe du chapeau: *R. N.*, Robert Narcisse. Avaient-elles
tenu? Étaient-elles parties?

—Monsieur, dit le général, vous savez aussi bien l'allemand que le français? De plus, vous avez l'habitude des procès-verbaux?

—Oui, monsieur, dit fermement Narcisse.

—Il y a eu mort d'homme, mort violente, dans cette 5 ville, voilà trois jours.

Le greffier regarda le meunier qui avait une figure de statue, immobile, mais deux yeux de flamme qui disaient: « Pour Dieu,[1] tais-toi!»

Et il se tut. 10

—Reconnaissez-vous ce chapeau? continua l'officier. A-t-il appartenu à quelqu'un d'ici?

Narcisse fit un pas, se courba, et, découvrant que les initiales avaient disparu, fut pris d'une espèce de sanglot de joie qui ressemblait à un fou rire. 15

—Qu'avez-vous? Pourquoi riez-vous?

Mais la certitude qu'il aurait la vie sauve était entrée au cœur du greffier. Il fit un grand effort pour rire, en effet, et balbutia:

—C'est qu'il est de forme si ancienne! ... Personne ne 20 porte plus de chapeau semblable, monsieur. . . Nous autres,[2] Français . . . la mode . . . vous savez. . .

Le général répondit:

—Oui, je sais. Le meunier a dit la même chose, tout à l'heure. Écrivez en français ce que je vais vous dire 25 en allemand.

Et Narcisse transcrivit le procès-verbal qui relâchait le meunier, déclarait purement accidentelle la mort du soldat Wrangel, et reconnaissait, conformément à l'avis des médecins militaires, que la blessure à la nuque avait été 30 produite par la chute sur la glace.

Ce fut le dernier procès-verbal du greffier Narcisse,

qui avait tenu la plume dans sa propre affaire. Le pauvre
homme ne put jamais repasser le pont sur la rivière,
jamais remonter vers ses amis du soir des Rois,[1] et, dès
que la paix fut faite, quitta la Lorraine.

HISTOIRES DE DINDONS

5   Le domaine était situé dans les Dombes,[2] sur ce
plateau, voisin de la Bresse, qui porte de nombreux
étangs, des bois de chênes clairsemés et des brouillards
où vibre tout l'été la fanfare des moustiques. Pour s'y
rendre, il fallait quitter les grandes routes et prendre
10 ces chemins qui vont parmi les herbes, et tournent, et
s'élargissent, et n'ont pas de raison apparente, comme
tant de nos discours, d'aller à gauche plutôt qu'à droite,
chemins de renards et de lièvres, chemins de bergers
parfois, et au travers desquels, pendant des jours entiers,
15 l'araignée dentellière tend ses toiles inviolées. Le gibier
abondait. Pour le conserver, il y avait aussi quelques
gardes.

  L'un d'eux, qui se nommait Restagnat, n'était guère
sorti de cette campagne profonde, à laquelle il ressemblait
20 un peu, n'ayant guère cultivé son esprit qu'on pouvait
dire tout en friche.[3] Toute son ambition était de vivre
et de mourir sur le domaine, dont il connaissait chaque
buisson, d'habiter, comme avait fait son père, la maison
en brique rouge bâtie dans une clairière, de porter la
25 même plaque de cuivre, d'inspirer aux braconniers la
même horreur et la même confiance au propriétaire.
Depuis deux mois, il était entré en fonctions. Trapu et
barbu comme un général boër, jeune, ardent à la marche,
piégeur savant et passionné, il eût été un homme heureux,

s'il avait eu plus de sang-froid. Mais le départ d'un gibier, poil ou plume, le rendait fou.[1] Restagnat tirait mal.

—Mon pauvre garçon, lui dit son maître, je serai désolé de te renvoyer. Tu me conviendrais à merveille, si tu n'étais pas d'une maladresse. . .[2]

—Mais, monsieur, ce n'est pas de ma faute!

—C'est celle du gibier, je le sais bien. Mais je suis menacé de procès de chasse par trois voisins. J'ai plus de trois mille lapins à détruire chaque année, et tu ne sais que les faire courir.

—Ça va changer, monsieur, je vous le promets, foi de Restagnat!

Le jour même, à la tombée de la nuit, il se rendit, en effet, chez un vieil homme que personne n'allait voir sans motif d'intérêt, et qui logeait dans la seule maison blanche d'un très pauvre hameau, à trois kilomètres du domaine.

—Tu es une bête, Jean Restagnat, fit le sorcier en commençant la réponse. Pourquoi ne m'as-tu pas consulté plus tôt? . . . Heureusement, je te veux du bien. . . Reviens à onze heures cette nuit, en prenant garde de n'être point vu, et je te mènerai où il faut aller pour bien tirer. . . Apporte ton fusil, sans cartouche.

N'être pas vu était aisé. La lande et le bois étaient complices avec la nuit. Jean frappait discrètement, une heure avant minuit, aux volets du sorcier. Et, l'instant d'après, les deux hommes, évitant la route et sautant la haie du jardin, s'évadaient par les champs.

Ils marchèrent assez longtemps, puis le sorcier, ayant noué son mouchoir sur les yeux de son compagnon, continua seul à connaître le chemin, et les obstacles, et l'humeur de la nuit.

— Baisse-toi, dit-il enfin.

Jean se baissa.

— Relève-toi, à présent, tu peux enlever le mouchoir.

Le garde, en se redressant, avait entendu des frôle-
5 ments, des piaulements, des essors violents heurtant des
murs, d'où tombaient des plâtras. Quand il put regarder
autour de lui, il se rendit compte qu'il se trouvait dans
un poulailler, dont l'unique fenêtre, toute petite et percée
près du toit, laissait la cabane presque sans air.

10 — Mets ton fusil sur l'épaule droite, dit le sorcier,
tiens-le bien allongé derrière toi, comme si c'était un
perchoir, et place tes mains sur la crosse.

Le garde obéit. En même temps il sentit un poids
assez lourd, qui appuyait sur l'extrémité des canons, et
15 tendait à faire basculer l'arme.

— Ne te détourne pas, Jean Restagnat, et ne bouge
pas. Il s'envolerait! C'est un dindon que tu portes au
bout de ton fusil. Et je te prédis que s'il reste là, jusqu'au petit jour, sans avoir desserré les pattes, ton affaire
20 est sûre: tu ne manqueras plus un lapin, même au
déboulé.

— Ça me changera bien,[1] murmura l'autre.

Il demeura bientôt seul, et compta péniblement les
heures de la nuit. On était en octobre, et la première
25 aube se faisait attendre, et il gelait, et les frissons qui
secouaient malgré lui le veilleur risquaient d'effarer la
bête, dont le perchoir remuait. Impossible de fumer,
d'ailleurs. Au moindre mouvement, Jean Restagnat
sentait se réveiller la défiance de ce singulier porte-bon-
30 heur, qui gloussait faiblement, dans les ténèbres, en
arrière, et qui se rendormait.

Enfin, le petit rond de la fenêtre, en haut, parut blanchir.   Jean le fixa attentivement, pour ne pas perdre, par trop de précipitation, le fruit de sa longue veillée, et, quand il eut reconnu que c'était bien le jour qui naissait, lança le dindon jusqu'aux solives du poulailler, et se sauva.   5

Il rentra chez lui persuadé que le sortilège avait réussi. Et, sans doute, il n'en fallait ni plus ni moins pour lui donner la confiance en soi dont il avait besoin, car, à partir de cette nuit-là, le garde devint adroit, et chacun peut dire, dans le pays, qu'il n'y a point de meilleur 10 tireur de lapins et de lièvres que Jean Restagnat.

Ce fut sa première aventure où les dindons jouèrent un rôle.   Il en eut une seconde.

Quelques mois se passèrent, et le garde tomba malade. Il avait une plaie à la jambe.   Morsure de couleuvre, 15 dirent les uns; plomb de braconnier, dirent les autres; simple piqûre d'épine noire, affirmait Restagnat.   Personne ne sut la vérité, si ce n'est le vieil officier de santé[1] que tout le monde appelait le docteur Béfinod, homme usé, qui ne répondait jamais à une question, écoutait peu, 20 n'entendait guère, regardait le patient dans les yeux, se recueillait, secouait la tête, et disait: «Purgez-vous.»   A force de se l'entendre dire, les gens des Dombes finirent par trouver moins utile de recourir à ses soins.   Ils connaissaient l'ordonnance.   Il leur arrivait de la suivre ou 25 de ne la suivre point.   Ils guérissaient quelquefois, dans les deux cas.   Mais le docteur l'apprenait par d'autres. Sa jument blanche, dont la queue était faite comme un pinceau, n'eut bientôt plus d'occasion de sortir.   Il la vendit et demeura médecin consultant, mais non trottant, 30 et c'est tout à fait par exception qu'on pouvait le voir, dans le bourg de Morèges, ventru, courtaud, les joues

rasées, saluant avec les paupières, flattant de la main les petits bergers dont les mères, autrefois, avaient formé sa clientèle. On ne venait guère chez lui qu'en cas d'accident, pour les pendus et les noyés,[1] parce qu'il était en
5 bons termes avec la préfecture. C'était sa petite part du pouvoir. Quelques naïfs allaient, cependant, le consulter encore pour des maux guérissables. Restagnat fut du nombre.

Il entra dans la maison aux persiennes toujours closes,
10 et montra sa jambe malade au docteur Béfinod, qui jeta un regard distrait sur la plaie, continua de tisonner et de se taire.

—Eh bien! monsieur, demanda-t-il enfin, qu'est-ce que vous pensez de ma jambe?
15 L'officier de santé se détourna, observa un long moment les yeux tout simples de Restagnat:

—Je pense qu'il y a un remède.

—Je l'ai fait,[2] dit l'autre vivement.

—Pas celui que tu crois, un autre, pour les cas diffi-
20 ciles.

—Qu'est-ce que c'est?

—L'huile de dinde.

—Vous dites?

—L'huile de dinde... Mais voilà;[3]... c'est long à
25 préparer... Il me faut quatre ou cinq dindes, que tu m'apporteras à huit jours d'intervalle...

«En effet, songeait le garde, le remède peut être bon. Un dindon m'a déjà guéri du guignon que j'avais à la chasse. Un autre guérira ma jambe. Pourquoi
30 pas?»

Le médecin, qui ne cessait d'observer la physionomie de son client, sentit qu'il pouvait insister. Il reprit:

—Je dis bien[1] qu'il me faut cinq dindes, pour tirer une mesure d'huile, pas une de moins.

—Vous les aurez, fit le garde. Mais je guérirai?

—Avant que tu aies dépensé toute la bouteillée que je te donnerai. 5

L'homme se retira, et, comme il l'avait promis, apporta une dinde, puis deux, puis trois. Il les choisissait dans sa basse-cour, et ne comptait pas trop ce qu'il lui en coûtait, bien que, d'une fois à l'autre, il trouvât la bête plus grasse et plus lourde au bout de son bras. «Je suis 10 vraiment bien bon, pensa-t-il, de prendre ce que j'ai de meilleur chez moi, pour le donner à ce médecin, qui ne m'a pas encore remis un flacon d'huile gros comme mon doigt.» Lors donc que[2] le jour fut arrivé de la quatrième livraison, Restagnat parut, boitaillant, dans le jardin du 15 docteur. Il portait une dinde dont la plume était terne et la maigreur certaine.

—Quelle pauvre volaille! dit le médecin, qui tâtait de l'œil le plumage et, du haut de son perron, tendait déjà les mains. 20

Le garde repartit, avec un ton qui n'était pas tout de respect:

—Ma foi, monsieur Béfinod, puisque les grasses n'ont encore rien produit, j'ai pensé qu'une maigre ferait mieux l'affaire. 25

—T'as[3] mal pensé, Jean Restagnat. Donne tout de même. Tu choisiras mieux la dernière.

Et le bonhomme, après avoir mis la dinde en lieu sûr, revint avec un tout menu flacon d'un liquide jaune et fort semblable, pour la couleur, à l'huile d'olive. 30

—Je ne voulais te remettre le médicament qu'après avoir travaillé la cinquième dinde, fit-il, mais je te vois

impatient, et je te donne tout de suite le peu que j'ai
fabriqué.   Frotte avec ça ta blessure, mon ami.

Il avait l'air trop patelin, en remettant la bouteille.
Le garde, dont la confiance avait déjà fléchi, eut des
5 soupçons.   Il revint, mais sans dinde.   Il revint, mais à
une date où il n'était pas attendu.

Trois jours plus tard, en effet, et à l'heure du dîner, il
se glissa dans le jardin, monta sur le perron, écarta les
persiennes, et put voir le médecin à table, et devant lui,
10 toute fumante, entourée de cresson, la dinde curative.

Il n'eut plus de doute, et, pénétrant dans la maison,
entre-bâilla la porte de la salle à manger.

—Qui est là? demanda M. Béfinod d'une voix forte.
Est-ce donc une heure de consultation? Que voulez-vous?
15   —Ne vous dérangez pas, fit Restagnat, qui passa la
tête par l'ouverture; c'est moi qui venais seulement voir
comment vous fabriquez votre huile!

Les deux hommes se regardèrent, se mirent à rire tous
deux, d'un rire différent, l'un jaune[1] et l'autre rouge, et
20 ne se revirent jamais.

LA VEUVE DU LOUP

—Petite Élise, qu'y a-t-il dans l'étang d'Agubeil?

—Des fleurs de roseau que personne n'ose cueillir et
des poissons que personne n'ose pêcher.

—Qu'y a-t-il encore?

25   —Un martin-pêcheur, des demoiselles à ailes vertes,
des grenouilles qui coassent, des poules d'eau qui plon-
gent, des salamandres qui chantent le soleil mort, des
corbeaux qui volent et ne s'arrêtent pas.

—Est-ce tout?

—Non, il y a l'ombre de la Veuve du loup, qui va, qui vient, et ne s'éloigne guère.

—N'y passe donc jamais, petite Élise; car il t'arriverait malheur au bord de l'étang d'Agubeil.

L'enfant promettait. Et le grand-père, qui était de son métier colporteur, avait bien soin de se détourner de sa route et d'éviter les abords de cet endroit sauvage, où un péril trop réel le guettait, lui et sa race. . .

Hélas! que cela nous reporte à une époque lointaine et lamentable! Je n'ai connu la Veuve du loup que très vieille et détestée. Les gens du bourg se détournaient sur son passage, pour ne pas avouer par un signe qu'ils la connaissaient. Plusieurs refusaient de lui vendre la farine, le sel ou les quatre boisseaux de pommes de terre dont elle avait besoin pour vivre, et elle devait, le plus souvent, s'adresser aux paysans et aux marchands des bourgs plus éloignés. Elle était grande, sèche, impérieuse et dure de figure, et elle faisait peur aux enfants quand elle s'approchait d'eux. Ses cheveux, ses épaules, tout son corps disparaissait dans les plis d'un manteau noir que les femmes d'autrefois portaient le dimanche, et qu'elle portait toujours, dès qu'elle quittait sa maison. Était-ce par pauvreté, ou bien en signe de deuil? Qui eût pu le savoir? Elle était toute mystérieuse. Personne ne tendait la main à cette femme, personne ne la saluait, personne n'aurait eu l'idée d'entrer chez elle pour savoir même si elle vivait, quand depuis des semaines et des semaines on ne l'avait pas vue. Les mères disaient: «Si tu n'es pas sage, je le raconterai à la Veuve du loup,» et le petit se taisait, et se réfugiait dans leurs bras.

Elle avait été fort belle cependant, et peut-être bonne, la Veuve du loup. Elle avait aimé et épousé un meunier

dont le moulin, aujourd'hui ruiné, levait sa roue de bois
à la bonde de l'étang, à l'endroit même où, avec des
débris de pierres et de poutres, la femme avait rebâti la
hutte qu'elle habitait encore.   Les temps étaient alors
5 troublés, comme je l'ai dit, et les hommes se battaient,
les uns dans les dernières bandes de chouans,[1] qui tenaient
la campagne pour le roi, les autres dans les armées de la
République.   Il vint un jour où, par lassitude de la
guerre, la paix fut faite.   Les volontaires[2] rentrèrent
10 chez eux; les partisans quittèrent les bois et les champs
d'ajoncs.   On commença à réentendre la voix des enfants
autour des métairies, et à voir des femmes avec un
rouet, tranquilles, sur le seuil des maisons.

Le grand-père de la petite Élise et le meunier, qui
15 appartenaient aux deux partis ennemis, jeunes alors,
ardents, animés l'un contre l'autre par d'anciennes rivalités de village, on ne sait trop lesquelles, revinrent le
même jour des deux armées.   Ils s'étaient cherchés dix
fois, sans se trouver, dans les batailles.   Et voici que,
20 dans le chemin qui sortait du bois et longeait le pied de
la crête rocheuse, ils se rencontrèrent, un soir de mai.
Le meunier portait son uniforme de grenadier, les guêtres
hautes, l'habit à la française,[3] la cocarde tricolore sur
son grand chapeau de feutre.   Le chouan avait un brin
25 d'aubépine à la boutonnière de sa veste de futaine rousse.
Du plus loin qu'ils se virent, ils armèrent leurs fusils.

— Jean-François, cria le meunier, tu vas me saluer, car
j'sommes[4] vainqueurs!

— N'y a pas[5] de vaincus, dit Jean-François en enfon-
30 çant son chapeau sur ses oreilles.   Prends à droite, et je
prendrai à gauche.   La paix est faite.

— Pas avec moi.   Tu as dit du mal de ma femme!

Tu as ri de l'incendie de mon moulin! Tu as tiré sur mes camarades!

—Toi sur les miens: je faisions[1] la guerre.

—T'as[2] rien perdu, et tu es vaincu; j'ai tout perdu, et je reviens gueux. Lève ton chapeau! 5

—Jamais devant toi!

Ils levèrent leurs fusils. A ce moment la femme du meunier parut sur la butte. Elle poussa un cri. Au-dessous d'elle, dans le chemin tout vert de feuilles nou-velles, deux hommes se visaient, à quarante pas, sur la 10 pente.

—Jean-François! cria-t-elle.

Mais le cri se perdit dans le bruit de deux détonations. Une fumée monta du chemin creux. Le grenadier était couché, renversé sur le dos, le cœur traversé d'une balle. 15 Jean-François sautait par-dessus la haie voisine, et s'éva-dait dans la campagne.

Oh! l'affreuse vision! Quarante ans s'étaient écoulés, et elle était encore là, emplissant d'horreur ce lieu mau-dit, où le dernier coup de feu de la grande guerre pay- 20 sanne avait retenti. La meunière, devenue à peu près folle, avait relevé de ses mains les ruines de sa maison, et, sauvage, enlaidie par le chagrin et la misère, avait perdu jusqu'à son nom d'autrefois. Car les paysans, la voyant vivre comme elle vivait, et se souvenant de la 25 violence d'humeur de son mari, ne l'appelaient plus que la Veuve du loup. Elle pillait les champs de pommes de terre pour sa nourriture et les bois pour son feu; elle braconnait comme un homme, et surtout elle tendait des lignes et des filets dans l'étang d'Agubeil. Le plus rare- 30 ment qu'elle pouvait, et seulement quand les provisions manquaient ou qu'elle avait quelque pièce de choix à

vendre, elle se rendait au village.   On la croyait capable
de tout, parce qu'elle ne parlait que d'une chose.   Elle
disait: « Le meunier est mort, Jean-François mourra.   Il
tombera où est tombé l'autre.   J'ai une balle pour lui en
5 réserve.   Quand il passera devant l'étang d'Agubeil, il
y restera.   Je n'irai pas le tuer ailleurs; mais je le tuerai
là, lui ou ceux qui sont nés de lui. »

Et, depuis quarante ans, elle guettait sa vengeance.
Le colporteur évitait, pour cette raison, de s'approcher
10 des collines qui enfermaient l'étang, et il défendait à
son unique petite-fille Élise, toute sa famille, hélas! de
s'avancer sur la route où il avait jadis rencontré son
ennemi.   Comme il était d'un âge avancé, maintenant il
s'accusait, comme d'un péché, de s'être défendu en ce
15 temps-là, et il faisait dire, tous les ans, une messe pour le
grenadier de la République.   C'était un homme triste.
Quelquefois, quand il rentrait à la brune, avec son ballot de marchandises sur les épaules, et qu'il découvrait
tout à coup, par-dessus les talus des chemins creux, une
20 touffe de coquelicots, il aimait mieux faire un détour
d'une demi-lieue que de passer devant.   Toute sa joie,
sans cesse inquiète, était de voir grandir Élise.

La petite eut bientôt dix ans.   Et ce fut une fête très
douce quand, vêtue de blanc, et pâle, et débile, parmi
25 ses compagnes, mais plus gracieuse et plus recueillie que
la plupart, elle fit sa première communion.   Le bourg
était décoré de guirlandes vertes.   On était au commencement de juin.   Toutes les mères avaient leur place,
ce jour-là, dans l'église, derrière les petites.   Toutes
30 pleuraient.   Jean-François, parmi elles, faisait comme
elles, et, bien qu'il ne la quittât point des yeux, il pouvait à peine voir son enfant, à cause des larmes qui cou-

laient malgré lui.   Il avait tant de raisons de pleurer,
tant de deuils dans le passé, tant d'émotion profonde
dans le présent, et une crainte, malgré lui, pour l'avenir !
Le matin, Élise lui avait dit:

—Grand-père, je prierai pour celui[1] de la Veuve du   5
loup, veux-tu ?

Et il avait répondu:

—Voilà quarante ans que je le fais.

Aussi, las de cette fatigue insolite, il la laissa rentrer
seule à la maison, qui était tout à l'extrémité du bourg,   10
et la confia à deux femmes qui faisaient route de ce côté ;
puis il entra à l'auberge.

—Donnez-moi du vieux vin bouché, dit-il, pour que je
voie si je suis jeune encore.

Le vin tarit ses larmes, l'égaya, et lui fit oublier Élise.   15

L'enfant se trouva bientôt seule, dans la maison qui
avait une porte sur la route et une autre sur la campagne.   Elle était bien habituée à la solitude.   Mais,
ce jour-là, il lui parut dur de n'être pas entourée.   Elle
entendait passer des bandes d'enfants et de mères, qui   20
avaient des voix plus retenues que de coutume et plus
chantantes.   Elle se prit à considérer, sur la table, trois
gâteaux de pain bénit[2] qu'elle avait rapportés de l'église,
et qui étaient faits en forme d'étoiles, oui, comme les
étoiles en papier doré qu'on met sur les oriflammes.   25

—Une pour mon grand-père, songea-t-elle, une pour
ma tante Gothon.   Pour qui la troisième ?

Elle réfléchit, n'ayant personne qui troublât son rêve.
Et elle se sentait le cœur si large, si content et si pur
qu'elle n'avait peur de rien, et qu'elle se répondit à elle-   30
même:

—Pour la Veuve du loup!

Pauvre petite de dix ans qui ne croyait pas au mal parce qu'elle était blanche, et qui avait plus de courage qu'un homme parce qu'elle était heureuse! Aussitôt, sans plus réfléchir, elle prend un gâteau de pain, et sort 5 par la voyette du champ, le long d'un blé, ses souliers blancs dans l'herbe haute. Elle va posément, et sans peur, et sans tourner la tête. Son voile s'accroche aux épines, et elle le retient en le croisant sur sa poitrine. Elle a l'air d'une apparition au-dessus des épis. Et la 10 campagne devient déserte, boisée, farouche, et on n'entend plus les voix qui bourdonnent dans l'air des villages.

Le grand-père boit toujours à la table de l'auberge. Élise approche de l'étang d'Agubeil. Elle ne pense pas aux défenses qu'on lui a tant de fois répétées. N'est-ce 15 pas un jour comme il n'y en a pas d'autre?[1] Et qui donc irait, si ce n'est elle, donner du pain bénit à la Veuve du loup? Personne n'a pensé à la veuve du meunier, qui n'a ni enfants, ni parents, ni amis qui songent à elle, si ce n'est la petite qui monte à présent, parmi 20 les genêts, sur le roc fendu et mousseux.

Elle est arrivée au sommet. Elle a descendu la pente de l'autre côté, jusqu'à une cabane de pierre couverte en branches, et dont la porte bâille à moitié. Que c'est pauvre chez la Veuve du loup! On dirait une étable à 25 pourceaux. La clarté de l'eau monte entre les collines et remplit la vallée prochaine. En se penchant, en s'accrochant aux touffes de genêt, on pourrait se mirer tout en bas. Le cœur de la petite Élise s'est mis à battre. Elle a franchi le seuil, avec ce refrain sur ses lèvres:

30   — Bonjour, madame la Veuve du loup!

Mais il n'y a personne. Des pots pour faire la cuisine, des paquets d'herbes, un fusil dans un coin, un vieux chapeau avec une cocarde, une chaise, un foyer d'ardoise calciné, c'est tout. Le grand soleil de juin fait craquer les branches de la genêtière. Les grillons chantent éperdument.

—Je veux pourtant qu'elle sache que je suis venue, 5 dit Élise.

Et elle a pris son couteau, et, de la pointe, elle a écrit les cinq lettres de son nom sur l'étoile de pain bénit. Puis elle a posé le gâteau tout au bord du foyer. Elle a peur à présent. Elle court jusqu'au logis de l'aïeul. 10

—Grand-père, grand-père, j'ai porté un gâteau à la Veuve du loup!

Quand le vieux, qui rentrait, entendit ça, il devint blanc comme l'aubépine qu'il avait autrefois à sa boutonnière, au temps de la grande guerre. 15

Quatre mois ont passé. La petite Élise est malade, et tout le voisinage croit qu'elle va mourir. Elle est si faible que sa pauvre petite tête déraisonne, et que les gars du bourg, tant qu'ils voient le toit de la maison, retiennent leurs attelages et évitent de crier sur les bêtes 20 qu'ils mènent au champ. Jean-François ne rit plus, Jean-François ne boit plus avec ses amis: il ne quitte pas la salle carrelée où les minutes sont comptées par la respiration haletante de l'enfant, qui a l'air de vouloir épuiser la vie à la boire[1] si vite, si vite. C'est un souffle à 25 peine perceptible, mais que Jean-François entend mieux que tous les bruits du dehors, et qui le tient éveillé des nuits entières. Oh! s'il pouvait s'espacer! si la fièvre tombait! si seulement Élise ouvrait les yeux qu'elle tient obstinément fermés! Elle n'a pas prononcé une parole 30 depuis une semaine. Le grand-père a vu défiler près du lit toutes les enfants du même âge, et sur le visage, quand

elles se retiraient, il a lu le même mot: «Adieu, petite
Élise!» Elles l'ont quittée. Personne n'ose plus entrer
parce que le malheur est trop proche. Le médecin a dit:
«Je repasserai,» et il n'est pas revenu. Jean-François
5 n'a plus de larmes à pleurer. Il est assis dans le fauteuil
de paille que la rentière[1] du bourg lui a prêté. Il regarde
le lit blanc qui se voile d'ombre, la tête pâle qui ne vit[2]
plus que par le menu souffle des lèvres écartées, et la
nuit tombe, et les campagnes sont muettes pour douze
10 heures à présent.

Vers le milieu de la nuit, un rayon de lune a glissé par
la fenêtre, et au même moment Élise a relevé ses deux
paupières blanches. Le vieux s'est penché au-dessus du
regard de son enfant, et il n'a reconnu ni le sourire, ni la
15 clarté, ni la joie qui étaient toute la petite Élise; mais
il a entendu une voix non éveillée qui demandait:

— Grand-père, où êtes-vous?

— Ici, ma petite, tout près. Tu ne me vois donc pas?

Elle a continué:

20 — Je voudrais un poisson d'argent qui nage dans
l'étang d'Agubeil. Il est au bord; il a deux nageoires
rouges; il passe entre les roseaux. Allez le chercher.
Je serai sauvée si je mange du poisson d'Agubeil.

Élise a refermé les paupières. Elle n'a pas compris ce
25 que Jean-François lui a répondu. Elle a eu seulement
un de ces sourires d'enfants qui demandent et qui remer-
cient, comme si c'était une même chose.

Le vieux n'a pas hésité longtemps. Il a réveillé la
voisine, et, tandis qu'elle veille auprès du lit de la ma-
30 lade, il est monté au grenier, où est serré un carrelet de
fil de lin avec une armature de coudrier. Le voilà qui
sort par la porte du jardin, son filet sur l'épaule. La cam-

pagne ouvre ses chemins bleus, ses voyettes où la trace
des bêtes rôdeuses raye les herbes gonflées d'eau. Pauvre Jean-François, tu sais quelle vengeance te guette là-
bas; tu sais qu'elle ne dort guère, et qu'au bruit du
carrelet tombant dans l'étang d'Agubeil une femme va   5
se glisser entre les genêts, et que le caprice de la petite
Élise peut te coûter la vie.

Mais le vieux est un de ceux qui aiment. Pas un moment il n'a ralenti sa marche. Seulement, au lieu
d'aborder l'étang par la chaussée, il a tourné à travers 10
le bois, et quand il a descendu la pente, quand il a senti
l'ombre des branches qui se retirait de dessus lui et le
laissait en pleine lumière de lune, sur une bordure de pré
qu'effleurait la nappe immobile, il a signé son front et
son cœur qui tremblait un peu.   15

Il tend les perches de coudrier; il cherche de l'œil le
poisson d'argent. Il n'aperçoit que les lueurs mêlées de
ténèbres qui rôdent à la surface et s'épanouissent, et se
meuvent très vite sans qu'on puisse suivre le mouvement.
Où est le bon endroit? Il lève au hasard le filet et le   20
plonge entre deux touffes de roseaux. Toutes les étoiles
ont tremblé du frémissement de l'eau.

La Veuve du loup ne dormait pas. Elle avait entendu
un bruit de branches brisées dans le bois, et elle avait
vu sortir du bois celui qu'elle attendait depuis tant d'an- 25
nées, le meurtrier de son mari, l'ennemi qu'une inconcevable folie ramenait à cette place du crime inexpié.
Chez elle, il y eut un sursaut de plaisir sauvage. Par la
lucarne de sa maison, elle regarda Jean-François debout
sur la marge de l'étang.   30

—Je te tiens! dit-elle tout bas.

Et elle se mit à rire. Et elle décrocha le fusil rouillé,

avec lequel bien souvent elle avait abattu les canards ou
les cygnes qui se posaient sur l'étang d'Agubeil.

Les genêts étaient si hauts que Jean-François ne pouvait découvrir la forme noire qui se courbait et s'appro-
5 chait du bord de la crête. Le canon d'un fusil passa
entre les brins de verdure, s'inclina vers la rive voisine,
chercha la place du cœur sur la poitrine de l'homme, et
les anges de Dieu qui volaient dans la nuit eurent ce
spectacle d'horreur: la Veuve du loup visant son ennemi
10 et touchant la gâchette de l'arme.

Mais, au moment où le doigt allait presser la détente,
sur la surface de l'étang la femme aperçut les étoiles qui
dansaient. Elles couvraient l'eau de leurs flammes vi-
vantes; elles enveloppaient la motte de terre où l'homme
15 était posé. Et chacune d'elles ressemblait au pain bénit
et doré que la petite Élise avait laissé dans la cabane.

—Allez-vous-en, les étoiles, allez-vous-en!

Mais les étoiles ne s'en allaient pas.

Trois fois la Veuve du loup releva son arme et la ra-
20 baissa. La troisième fois, Jean-François prit un poisson
au fond de son carrelet, le saisit, et s'enfuit en laissant
le filet sur les herbes.

Le bois craqua comme au passage d'un cerf poursuivi.

Alors, poussant un grand cri de rage, ayant laissé
25 échapper sa proie, la Veuve du loup se dressa sur l'extrême bord du rocher, et lança dans l'étang l'arme qui
avait fait la grande guerre. Le fusil tournoya, tomba,
troua les eaux pleines d'étoiles, qui se refermèrent à
jamais sur lui.

30 Jean-François courait déjà par les sentiers, hors du
bois, avec le poisson d'argent qui devait sauver la petite
Élise. . .

Le lendemain, la Veuve du loup quitta l'étang d'Agubeil.   Elle se mit en marche vers la ville, arriva à la
porte d'une maison de refuge pour les vieillards, et dit:

—Je suis la Veuve du loup, qui a, pendant quarante
ans, vécu pour sa vengeance.   L'homme est venu à l'en- 5
droit marqué.   Je l'ai vu au bout de mon fusil.   Mais
les étoiles ressemblaient trop au pain bénit de la petite.
Ça m'a fait faillir le cœur.   Je ne suis plus bonne à rien:
prenez-moi.

On la crut un peu folle, et on la prit.   C'est là que je 10
l'ai connue et qu'elle est morte.

LE GRENADIER DE LA BELLE NEUVIÈME[1]

I

Mon grand-père maternel, le grand-père de votre
bonne Perrette,[2] mes enfants, était né en Provence, et
c'est pourquoi je vous raconte quelquefois des histoires
de ce pays-là.   15
Il lui manquait un peu de taille pour être ce qu'on
appelle un bel homme; mais il était bien tourné, joli
comme une poupée, adroit de la parole et des mains, et
gai comme personne ne l'est dans les contrées où il pleut
souvent.   20
La misère, pourtant, ne lui avait pas manqué.   Il
aimait, sur le tard de sa vie, à nous répéter ce qui lui
était arrivé, au temps de la Révolution,[3] lorsque les
levées de soldats, chose nouvelle alors, l'amenèrent brusquement, lui, homme de la plaine chaude, gardeur de 25
moutons et de chevaux, sur la grande montagne nommée
le mont Cenis, qui regarde le pays italien.

Là, des détachements de l'armée de Kellermann[1] campaient dans la neige et la boue, mal abrités dans des fortins construits à la hâte, et attendaient l'ordre de se jeter sur la terre promise.[2] Vétérans des anciennes
5 armées, volontaires, recrues, ils parlaient tous les patois de France, et juraient dans tous les dialectes contre le froid, l'abandon où on les laissait, et l'ordre de descendre qui ne venait pas. On les habillait comme on pouvait. Ils avaient des cheveux de toutes les coupes, et on
10 voyait encore des gradés qui les portaient en cadenette, comme au temps du roi Louis XVI.[3]

Deux compagnies, l'une de fusiliers, l'autre de grenadiers, habitaient depuis six mois la montagne, lorsque mon grand-père dut les rejoindre. La garnison n'était
15 pas enviable. Des taudis en maçonnerie et en planches occupaient, à plus de mille mètres en l'air, l'extrémité d'une pointe de rocher. Un petit champ de manœuvre les séparait de la pente formidable où cette saillie étroite était soudée, comme une verrue. Pour horizon, du côté
20 de la montagne, une muraille pierreuse, éboulée par endroits, sans herbe, aux flancs de laquelle un chemin s'élevait en se tordant; de l'autre côté, un gouffre; une plaine tout en bas qui paraissait petite, et qui se ramifiait et aboutissait à des couloirs sombres, à des vallées hautes
25 couvertes de prés et que dominaient des cimes lointaines. Les soldats disaient que c'était la route d'Italie. Ils le savaient pour l'avoir regardée chacun pendant bien des heures. Aucune vie en dehors du campement: aucun mouvement et aucun bruit d'hommes ou de trou-
30 peaux. Tout le monde avait peur des Français, même en France. Eux, ils s'ennuyaient. Quand un aigle volait en rond à l'heure de l'exercice, la garnison levait la tête.

Or, un jour d'avril, une file de nouveaux soldats monta là-haut.   Ils arrivèrent, le cœur gros, épuisés de fatigue, étonnés douloureusement de la rudesse des sous-officiers qui conduisaient la colonne, et de la morne tristesse de l'Alpe sans forêts.   5

Jean Mayrargues, mon grand-père, par erreur peut-être, avait été affecté à la neuvième compagnie, qui était celle des grenadiers, presque tous vieux soldats, et fiers d'avoir déjà fait la guerre et pillé des villes.   Quand il entra dans le terrain de manœuvre tout boueux, piétiné, 10 balayé par la bise, le sergent de l'escouade le présenta au sergent Bourieux, et, riant dans sa barbe:

—Sergent, une recrue pour vous.   Vous revient-il, celui-là?[1]

Le sergent se trouvait au milieu d'un groupe d'hommes 15 qui l'écoutaient avec des rires d'approbation.   Il se tourna, épais sous ses habits bleus, ses fortes jambes gonflant ses guêtres blanches, le bonnet à poil sur l'oreille.

—Ça,[2] pour moi?   20

—Oui, sergent.

—En voilà un freluquet!   Est-ce que tu sais marcher sur la neige, mon garçon?

—Non, sergent.

—En as-tu même vu, de la neige?   25

—Non, sergent.

—Eh bien, tu en verras!   D'où es-tu?

—De la Camargue.[3]

Le sergent considéra un moment le petit conscrit pâle, les yeux vifs, la moustache noire toute fine, cambré dans 30 sa veste courte, et maigre de la maigreur nerveuse des gens du Midi.

—Tu en as bien l'air.[1]   A l'habillement!   Et filons!
Je t'apprendrai le métier, va, et si tu ne t'y mets pas!...

Il se retourna vers les hommes en haussant les
épaules:

5   —C'est dégoûtant tout de même, d'envoyer des
hommes comme ça aux grenadiers: un air de danseur!

Les autres approuvèrent, et déclarèrent que le recrutement n'y entendait rien.

Le sergent Bourieux n'était pas un méchant homme;
10 mais sa double qualité de montagnard et de gradé lui
donnait, à ses yeux, une importance considérable.   Il
n'aimait ni les gens maigres ni les gens de la plaine. Au
retour des marches ou des manœuvres, il ne manquait
jamais de dire qu'il recommencerait volontiers l'étape.
15 Sa force était proverbiale, et aussi la haine qu'il portait
aux Piémontais.[2]

Le soir tomba vite.   L'ombre des pics éloignés ense-
velit le fort, et, sur le menu triangle si haut perché dans
les airs, il n'y eut plus d'autre signe de vie que la lueur
20 de la lanterne du poste, veillant là-bas au pied de la falaise noire.   A cette même heure, les sentinelles postées
sur les remblais, en se penchant au-dessus du vide, n'auraient aperçu dans la vallée aucun feu de chalet ou de
ferme.   Seuls, très loin, des petits points rouges, semés
25 dans les montagnes, rappelaient la position des troupes
piémontaises.   Les étoiles criblaient le ciel.

Mayrargues, après avoir passé une heure à contempler
cette ombre que traversait le vent glacé venu d'Italie,
une heure rapide et la meilleure de la journée, parce
30 qu'il était libre d'être triste et de se souvenir, se leva en
hâte, à l'appel d'une sonnerie de clairon.   Par une ruelle,
entre deux casemates, il se faufila.   Les fenêtres avaient

des reflets tremblants.   En s'approchant de sa chambre,
il entendit des rires.

Les hommes, groupés autour de la table, examinaient
un objet qu'ils se passaient de main en main.

—C'est à lui, ça?   5

—Oui, figure-toi, trouvé là, dans le portefeuille, entre
deux chemises!

—Une écriture de femme!

—Bien sûr; tu vois, un papier à fleurs![1]

—Encore si c'était une lettre, dit le sergent d'un air   10
de suffisance, je comprendrais.   Je puis dire que j'en ai
reçu des lettres, et de bien des écritures, que vous tous
ici vous ne liriez pas!   Mais ça, une page de prière, ah
bien! non!   C'est la première fois![2]

Mayrargues se pencha.   Il reconnut une petite feuille 15
pliée en quatre, qu'il avait cachée précieusement dans la
poche de son portefeuille.   Les soldats avaient dénoué
le foulard qui enveloppait le linge et la paire de souliers,
la pelote de fil, le couteau à virole, pointu comme un stylet, que la mère avait empaquetés au départ.   Tout était 20
dispersé, roulé entre leurs doigts sales.

Le sergent tenait la feuille ouverte.   Mayrargues ne
s'occupa pas du reste.   Il s'avança vers lui, blême de
cette colère subite et folle du Midi qui jette les hommes
l'un contre l'autre.   25

—Rendez-moi cela! dit-il.

—Ah! ah! crièrent les autres en se détournant.   C'est
lui, Mayrargues!   Paraît[3] qu'il y tient à l'objet!

Il s'était précipité en avant, écartant les camarades
qui entouraient la table, et, emporté par l'élan, avait 30
saisi en l'air, de l'autre côté, le bras du sous-officier.

—Rendez-le-moi!

—Doucement! dit le sergent, qui d'un tour de poignet se dégagea.   Doucement, l'homme, nous allons
régler l'affaire.   Tu n'entends pas la plaisanterie, à ce
que[1] je vois?

5   —Pas celles-là, fit Mayrargues, que deux soldats
avaient saisi et maintenaient.   C'est lâche, ce que vous
faites!

—Tu dis?

—Je dis que c'est lâche! répondit Mayrargues, les
10 yeux fixés sur Bourieux, dont l'épais visage s'empour-
prait.

—Eh bien! d'abord, mon joli garçon, dit le sergent,
je vais lire le billet pour amuser la chambrée.

Il prit la petite feuille ornée d'une guirlande peinte,
15 un papier de fête[2] acheté dans un village, et avec de
grands gestes que les soldats trouvaient drôles, jurant
après chaque phrase, en guise de commentaire, il lut:

PRIÈRE AUX TROIS SAINTES MARIE[3]

«Sainte Marie, mère de Dieu; sainte Marie-Made-
20 leine, la pécheresse, et l'autre sainte Marie, toutes trois
ensemble, ayez pitié des enfants de Provence qui s'en
vont au loin.   Gardez-les de tout péril, ramenez-les au
pays.»

Et au bas:

25   «A Jean Mayrargues, pour qu'il la porte toujours sur
son cœur et la dise chaque soir.

«Le Mas-des-Pierres,[4] 1er avril 1795.»

Des huées accueillirent la lecture.   Il semblait que
tous ces hommes fussent pris d'une sorte d'émulation
30 d'impiété, dans ce milieu de la chambrée commune où le
soldat n'est jamais tout à fait lui-même.

Quand le concert d'apostrophes se fut calmé, Bourieux replia le billet, et le mit dans la poche de son habit.

—Maintenant, dit-il, c'est moi qui le confisque, le billet. Ça n'a pas cours ici.[1] Et pour t'apprendre à parler aux chefs, tu seras au rapport[2] de demain matin, mon garçon, avec le motif.

Les camarades regardèrent, avec un peu de pitié cette fois, Mayrargues, dont la colère était tombée, et qui ne comprenait pas.

—Emmenez-le, dit Bourieux.

Deux hommes emmenèrent le conscrit. Mayrargues passa la nuit dans une cabane qui servait de prison. Comme d'ordinaire, au rapport du lendemain, la punition fut changée en huit jours de prison par le capitaine, qui était un soldat de fortune de l'ancien régiment de Picardie.[3]

Depuis lors, il y eut une inimitié établie entre le sergent et Mayrargues. Elle prenait toutes les formes, celle surtout des petites vexations qu'un chef, particulièrement un sous-officier, peut infliger à ses hommes. Quand une corvée se présentait, Mayrargues était désigné trois fois sur quatre pour la faire. «Pas de chance,» disaient les camarades, qui n'avaient pas tardé à reconnaître que le Provençal valait autant qu'un Béarnais ou qu'un Limousin. Comme tout finit par se savoir, on avait deviné que la prière enguirlandée avait été donnée à Mayrargues par une jeune fille du Mas-des-Pierres, voisin de la ferme du conscrit. Bourieux en avait profité pour affubler le nouveau soldat d'un surnom féminin. Il l'appelait *la promise.*[4] A l'exercice, le sergent, qui se connaissait en beaux alignements, clignait l'œil gauche, et gravement rectifiait les positions: «Numéro trois,

ouvrez le pied droit; numéro quatre, effacez les épaules; numéro sept, rentrez le ventre;[1] comment tenez-vous votre fusil, numéro onze? est-ce que c'est un balai?» Mais en passant devant Mayrargues, si le lieutenant
5 avait le dos tourné, il disait: «Voyons, *la promise*, n'aie donc pas l'air si bête! c'est pas[2] dans la théorie.» Et il regardait, en se pinçant les lèvres, le gros rire silencieux qui courait sur les deux rangs de la section. Pour un bouton mal cousu, pour une tache sur la buffleterie, May-
10 rargues était rabroué, tandis que d'autres, moins bien astiqués et moins bien tenus, défilaient sans recevoir la moindre observation sous l'œil partial du sergent.

Pendant les marches, très dures pour un jeune soldat nullement accoutumé aux routes de montagne, Mayrar-
15 gues se sentait aussi constamment observé par Bourieux, qui ne permettait pas aux hommes d'être fatigués, de trouver le sac lourd, le froid piquant ou le chemin diffi- cile. Là-dessus, le sergent avait l'intolérance des gens robustes, qui ne supportent pas qu'on se plaigne autour
20 d'eux, quand ils sont bien portants. Et, s'il y avait un retard dans l'étape, il ne manquait jamais de dire:

— Que voulez-vous![3] avec des petites filles comme celles qu'on nous envoie maintenant, soyez[4] donc exacts!

Cependant Mayrargues était un brave petit soldat,
25 point bête, débrouillard même, et bon camarade. Après quelques semaines, il avait pris son parti de la caserne, et fait des amitiés. Il eût donné cher pour rattraper l'injure qu'il avait dite au sergent le premier jour. Il s'appliquait, s'ingéniait à donner à son fusil ce que Bou-
30 rieux avait appelé devant lui «le double poli des vieux grenadiers.» Et il fût mort sur place plutôt que d'avouer la fatigue, dans les promenades militaires.

Mais les anciens gradés ne sont pas faciles à attendrir:
Bourieux ne désarmait pas.   Les hommes disaient: «Il
est comme ça.   Quand il a pris quelqu'un en grippe, ça
ne change plus.   T'en as pour toute la campagne, mon
pauvre gars.»

Bah! on se fait à tout, et Mayrargues ne pensait plus
avec tant d'amertume à sa ferme de la Camargue.

L'automne commençait.   Le matin, quand on traversait les cours du fort, la terre était dure.   Par-dessus les
glacis, dans le cercle des montagnes, çà et là, les sapins 10
se poudraient de blanc.   Dans la journée, si la compagnie
sortait, elle trouvait les chemins détrempés, le vent glacial, et les marches se faisaient plus pénibles, malgré
l'habitude.

II

Un matin, au réveil, le bruit courut qu'un détachement 15
devait se rendre sur un col des Alpes où passait la ligne
frontière.   Un col, c'est beaucoup dire: c'est plutôt, à
une altitude si élevée que l'ascension ne peut se tenter
que par les beaux jours, une coupure dans les rocs dressés
en aiguille et presque toujours voilés de nuages.   Les 20
soldats, qui ont une géographie à eux,[1] nommaient cet
endroit *la Rencontre*, parce que plusieurs fois il leur était
arrivé de rencontrer là des compagnies piémontaises,
venues de l'autre côté de la frontière.   Leur amour-
propre, les rivalités aiguës des troupes de même arme 25
appartenant à deux nations voisines et sûres d'une guerre
prochaine, faisaient de ces occasions des événements
dont on parlait, auxquels on se préparait.   Les chefs se
saluaient de chaque côté de la frontière, avec une courtoisie réservée de généraux d'armée.   Il venait aux lieu- 30

tenants[1] des mots de couleur héroïque. Aucun n'aurait
voulu s'asseoir. Malgré la lassitude, ils ne cessaient
d'inspecter la formation des faisceaux, causaient avec le
soldat, veillaient à la distribution des vivres, et lorgnaient
5 complaisamment les hauteurs et les vallées, en hommes
qui ne perdent pas une occasion d'étudier le terrain.
Les soldats, eux, quand les officiers laissaient faire, et
malgré les perpétuelles fanfaronnades à l'adresse du[2]
voisin, ne tardaient pas à lier connaissance. Il y a
10 quelque chose qui rapproche les soldats de toutes races
même à la veille des batailles. On riait des patois
étranges qu'inventaient les Français pour se faire comprendre des Italiens, et les Italiens pour se faire comprendre des Français. Quelquefois une gourde passait
15 la frontière, et revenait accompagnée de *grazie tante*[3] ou
de «merci.» Casques d'un côté, bonnets à poil de l'autre,
se rapprochaient et semblaient de loin composer une
même foule.

Pourtant ils ne se mêlaient pas. Les soldats ne met-
20 taient pas le pied sur le territoire étranger. Leur camaraderie demeurait superficielle. Les caporaux et les
sergents restaient à l'écart. Les officiers ne déridaient
pas tout le temps de la halte. Et quand sonnait le
départ, l'entrain des hommes à courir aux faisceaux, la
25 correction voulue de leurs mouvements, l'attitude mar-
tiale que les moins chauvins[4] se donnaient, l'éclat inusité
des commandements, tout jusqu'à l'accent provocateur
des clairons, le pavillon tourné vers la frontière, disait:
«Si la guerre éclate demain, avec quel plaisir nous
30 échangerons des balles!»

Comme il y avait à peu près égale distance entre les
forts où les hommes des deux nations étaient cantonnés

et le col de la Rencontre, c'était une déception et comme
une blessure d'orgueil pour celui des deux détachements
qui arrivait le second.

Deux fois de suite, les Français avaient trouvé les
Piémontais faisant bouillir la soupe.[1] Une revanche 5
s'imposait.

—Dépêchons,[2] dit Bourieux, un matin, en pénétrant
dans la chambre où s'agitaient des bras et des jambes
enfilant des vêtements bleus. Nous sommes commandés
décidément pour la Rencontre. J'espère que nous allons 10
enfoncer les macaronis,[3] s'il leur prend la fantaisie d'y
venir !

En peu de minutes les sacs furent bouclés, sanglés,
les fusils enlevés du râtelier, et une cinquantaine de
soldats s'alignèrent dans la cour, attendant le lieutenant. 15

Il faisait très froid. Les nuages gris, rayés de blanc
pâle, semblaient immobiles. On sentait, les hommes se
taisant, que le silence s'était encore accru autour du
fort, comme il arrive dans les temps de neige. Et, en
effet, des volontaires relevés de garde venaient de racon- 20
ter que tous les sommets, à moins de cent mètres au-
dessus des cantonnements, étaient couverts de neige.

L'officier, debout sur le talus dominant le gouffre de
la vallée, observait l'horizon. On voyait sa silhouette
svelte et cambrée se dessiner sur le bas du ciel.   25

Il descendit en courant, s'enfonça dans une tranchée,
et reparut le teint animé :

—Je crois, ma parole, que les voisins vont faire aussi
une reconnaissance ! Il y a déjà une colonne partie[4]
sur la gauche. En avant !   30

Et les jambes nerveuses des grenadiers, tendant les
guêtres blanches, commencèrent à monter la pente.

Les hommes étaient de belle humeur. Le froid les
stimulait à marcher, et aussi le désir de devancer les
soldats de l'autre pays.

—Nous allons leur jouer le tour, disaient-ils.

5 —Pourvu que la neige soit aussi tombée de leur côté!
répondaient quelques-uns.

Bourieux déclarait qu'au train dont on marchait l'affaire était sûre,[1] et que la neige ou rien, c'était la même
chose pour un grenadier.

10 —Il n'y a que les petites filles pour avoir peur de la
neige, concluait-il en regardant Mayrargues.

A peu de distance du fort, la route se trouvait semée
de plaques blanches, espacées, très minces, et dont le
vent avait strié la surface de milliers de petites raies,
15 comme un passage de flèches.

Le lieutenant allait devant et causait avec l'adjudant.
Ses hautes jambes avaient une régularité d'allure mécanique. La troupe, derrière lui, ondulait sur le terrain
pierreux, un plateau accidenté, bordé de formidables
20 murailles et devant lequel se dressait l'aiguille dentelée
du col de la Rencontre. Au-dessus des rangs flottait,
au bout d'un fusil, le guidon du bataillon.

Bientôt la couche blanche devint continue. Le pied
glissait sur les éclats de roches. L'air plus rare, la neige
25 moulée sur le soulier et soulevée avec lui rendaient la
marche plus rude. Les nuques hâlées des hommes se
gonflaient de sang; les conscrits, d'un coup d'épaule,
essayaient de redresser le sac mal assujetti; les vieux
eux-mêmes commençaient à lever les yeux vers la déchi-
30 rure de la frontière, avec cette sorte d'inquiétude de ne
pouvoir atteindre le but que connaissent les voya-
geurs.

Personne ne faiblissait.   Mayrargues, qui avait de la voix et de la mesure,[1] chantait un air de caserne que ses camarades reprenaient en chœur.

—Nous arriverons, dit l'officier.

Le détachement arriva, en effet, un peu avant dix 5 heures du matin, au col de la Rencontre.   Mais les Piémontais l'avaient encore une fois devancé.   Une compagnie entière barrait la frontière d'une ligne de faisceaux qui luisaient sur la neige.

Les Français étaient furieux.   Le lieutenant tançait 10 les sous-officiers, qui n'avaient pas su, disait-il, faire lever leurs hommes.   Les sous-officiers grognaient les soldats.   Bourieux demandait qu'on lui permît, une autre fois, de choisir une section de vrais marcheurs, rien que des montagnards, pour les mener à la Rencontre.   Tous 15 auraient voulu trouver une démonstration quelconque, une vengeance à tirer de cette humiliation répétée pour la troisième fois.   Il n'y avait rien de mieux à faire que de manger le pain apporté de la redoute.   Les hommes déposèrent leur sac et s'installèrent, par petits groupes, 20 sur les arêtes de rochers qui crevaient par plaques noires le grand linceul blanc.

Pas un ne fraternisa avec les Piémontais.   L'officier avait commandé la halte à deux cents mètres de la frontière.   25

Entre les deux détachements, s'étendait un espace immaculé que pas un pied humain n'avait foulé, et qui montait jusqu'à la frontière.   Au delà, le sol déclinait sur le versant italien, et l'on n'apercevait guère de la compagnie rivale que la pointe des baïonnettes croisées, 30 les casques à revers gris, et le capitaine assis sur un bloc de moraine.   Le vent glacé soufflait de l'Italie, et, des

deux côtés de l'étroit défilé, encombré de pierres d'éboulement, les deux murailles se dressaient, deux tranches
de marbre nues, veinées de noir et de jaune, sans une
saillie, sans un arbre.   Par-dessus, une couche épaisse de
5 neige couvrait les pentes, qui formaient comme un toit
aigu de trois cents mètres de hauteur.   Personne n'avait
jamais entrepris de monter jusqu'au pignon.   Les chamois s'y montraient quelquefois, gros comme des mulots,
flairaient l'abîme et disparaissaient au galop.

10   Les haltes n'avaient rien de réjouissant dans ce couloir de montagnes.   Mais les soldats avaient besoin de
repos.   Les ordres donnés au lieutenant disaient une
heure et demie de halte.

La moitié du temps fixé s'était écoulée; Bourieux, en
15 réunissant la section qu'il commandait, demanda:

— Où est Mayrargues?

Personne ne répondit.

—Où est Mayrargues? répéta le sergent.   Est-ce qu'il
a passé à l'ennemi?

20   Quelques-uns détournèrent la tête en riant.   Un d'eux
la leva, et poussa un cri en désignant du doigt la muraille de droite.

Tout le monde regarda.

Au sommet de la montagne, sur la neige, on distin-
25 guait la silhouette d'un homme.   Il avait dépassé l'arête
médiane, et se tenait debout, au bord du précipice, du
côté piémontais.   Au-dessus de sa tête il brandissait un
fusil qui paraissait ténu comme un fil, et qui se détachait
en plein ciel, terminé par un petit drapeau.

30   —Le guidon du bataillon! dit Bourieux.   Qu'est-ce
que cela veut dire?

Des interrogations se croisaient d'un groupe à l'autre.

Bientôt elles se fondirent en un cri qui monta vers la cime blanche:

—Bravo! bravo!

Le soldat, là-haut, entendant la voix de ceux de la France, agitait le guidon tricolore en demi-cercle au-dessus de sa tête.

—*Abbasso il Francese!*[1] criaient les Piémontais, *abasso!*

Ils tendaient les poings vers cette minuscule silhouette qui les narguait, sur un coin de neige à eux.

Et l'on vit leur capitaine s'avancer vers le lieutenant français, pour demander des explications.

Pendant qu'ils causaient, l'homme disparut.

On ne s'occupait plus que de lui. Les injonctions des sergents n'étaient plus écoutées. Une sorte de fièvre avait saisi les hommes: la joie d'une revanche accomplie. Ils s'interrogeaient:

—Qui est-ce?

—Mayrargues.

—Le conscrit? le Provençal?

—Oui donc. Il a pris le guidon. Personne ne l'a vu.

—Il est monté seul?

—Oui.

—Par où?

—Sans savoir.[2] Il doit avoir de la neige aussi haut que lui.

—Un luron!

—Pour sûr!

—Et les autres qui l'appelaient petite fille!

—C'est tout de même joli, disait Bourieux. Je n'aurais pas cru cela de la *promise!* Les soldats de l'autre bord ne sont pas contents.

Il était content, lui, ému d'orgueil pour sa section. Il

mesurait de l'œil la formidable montée qu'il avait fallu gravir; il pensait à l'audace de ce coup de tête.

—Fier toupet![1] conclut-il. Il va être puni. Eh bien! vrai, je voudrais la faire, sa punition.

5   —Oh! ça ne sera pas grave, répondit un homme.

Une demi-heure plus tard, les Piémontais étaient partis, de peur d'un conflit possible et sur la promesse du lieutenant que le soldat serait puni. Du côté français, on attendait Mayrargues, mon vieux grand-père, car

10 c'était lui.

Il arriva étourdi par le froid, mouillé par la neige jusqu'à la ceinture, embarrassé d'avoir à se présenter devant ses chefs, maintenant que son idée folle avait eu trop de succès. Il avait toujours le guidon au bout de

15 son fusil. L'officier se porta vivement vers lui, et arracha le drapeau.

— Qui vous a permis de monter là-haut, et d'emporter ceci? demanda-t-il.

Mayrargues ne répondit pas.

20   —Vous serez signalé demain au général. Avec des gaillards de votre espèce, nous aurions la guerre avant que la République l'ait voulue!

Il levait son cou maigre, tout le corps raide et sanglé, les yeux seuls baissés vers le soldat, qui semblait tout

25 petit auprès de lui. Mais, quand Mayrargues se fut éloigné, à peu près indifférent à cette fin prévue de l'aventure, le lieutenant se dérida, et les hommes les plus proches l'entendirent qui murmurait:

—Un brave tout de même!

30   Il donna tout de suite l'ordre du départ, car le temps réglementaire de la halte était dépassé, et les nuages, fondus en une seule masse grise, s'abaissaient rapidement.

III

Au tiers du retour la neige recommença à tomber. La descente des montagnes est plus rude encore que la montée. Les soldats trébuchaient, fatigués par une marche déjà longue, par les flocons que le vent leur soufflait au visage, enfonçant jusqu'au jarret dans la couche molle qui s'épaississait sans bruit. L'officier, craignant une tempête comme les jours d'automne en amènent souvent, faisait presser le pas. Ils allaient deux ou trois de front, en longue file, et derrière eux, en une minute, le chemin redevenait uni, sans une trace de leur passage.

Ils ne chantaient plus et se parlaient à peine pour se prévenir, quand l'un d'eux, du bout du pied, heurtait une pierre invisible.

Bourieux s'était mis derrière Mayrargues, en dehors du rang, sur la gauche. Il allait, une main dans son habit, le fusil à la bretelle, insouciant de la neige qui couvrait ses fortes moustaches d'un ourlet blanc. De temps en temps il regardait le Provençal, auquel ses vêtements, raidis par la glace, gelaient sur le corps. Le voyant pâlir, il lui tapa sur l'épaule.

—Est-ce que tu n'as pas mangé, Mayrargues?

—Non, sergent.

—Tiens, bois un coup de rhum. Ça te remettra. Tu n'es pas tout rose, tu sais.

Sans s'arrêter, l'homme but au bidon de Bourieux, tandis que les camarades échangeaient un coup d'œil d'étonnement, car ce n'était pas un fait ordinaire, de boire le rhum du sergent.

La descente continua, silencieuse sous la neige exaspérante. On tournait une arête de la montagne, puis une autre, indéfiniment, avec un précipice d'un côté, des nuages lourds au-dessus de la tête, et cette impression singulière, quand on ouvrait les yeux, d'un grand écran 5 couleur de fumée enveloppant tout le ciel, tout l'horizon, très voisin de soi, et devant lequel tombait la neige, en tourbillons aveuglants.

Les soldats n'avaient qu'une pensée qui les soutenait: gagner le fortin, ou au moins retrouver la route carros- 10 sable établie pour l'artillerie, et où la marche serait moins fatigante.

Il s'en fallait de plus d'un quart de lieue encore que[1] le sentier débouchât sur la route. Le détachement tra- versait un espace libre entre deux bouquets de sapins, et 15 qui était une prairie pendant la belle saison. Tout à coup les soldats qui marchaient à côté de Bourieux s'écartèrent d'un bond. Un homme roulait à terre devant eux avec un bruit d'acier heurté, et demeurait immobile, la face dans la neige.

20 —Mayrargues! dirent-ils.

Le sous-officier le prit par le bras:

—Allons, dit-il, ça n'est rien, levons-nous![2]

Mais il aperçut, en le soulevant, le visage de Mayrar- gues raidi par le froid et pâle comme la neige, et comprit 25 que c'était grave.

Le lieutenant accourut, considéra le petit soldat, lui frappa dans les mains, le secoua, l'appela, et, n'obtenant pas de réponse, ni le moindre signe de connaissance, haussa les épaules.

30 —Je ne peux pourtant pas l'attendre une seconde fois, celui-là! Il fait un temps de chien! Où le mettre, ce Mayrargues?

—Mon lieutenant, dit un clairon venu à l'aventure, il y a une cabane.

—Où cela?

—Au bout des sapins.[1]

Le lieutenant se tourna vers le sergent: 5

—Bourieux, dit-il, prenez un clairon avec vous, et conduisez Mayrargues à la cabane. Vous ferez du feu.

—Oui, mon lieutenant.

—Et si vous n'êtes pas rentrés à six heures, j'enverrai le médecin et une civière. 10

Le détachement disparut au tournant de la pente. Bourieux et le soldat prirent Mayrargues par les épaules et par les pieds, et montèrent en diagonale vers l'extrémité du bois de sapins. Au milieu de la petite vallée, la neige s'était amassée. Ils s'y enfoncèrent comme dans 15 une rivière qu'on passe à gué, gagnèrent le versant opposé et bientôt les derniers arbres, qui penchaient leurs branches jusqu'au sol. La cabane était là, un abri de berger composé de quatre murs de terre coiffés d'un toit de bruyères. Ils poussèrent la porte, et, sur un reste de 20 paille entassé à gauche et retenu par deux planches, le lit du propriétaire, ils déposèrent Mayrargues.

Le clairon courut aussitôt chercher du bois mort dans la sapinière, pendant que Bourieux rapprochait, sur la pierre servant de foyer, des tisons que le vent avait pelés 25 de leur cendre et des brins de bruyère et de paille épars çà et là. Il y mit le feu hâtivement, et revint à Mayrargues. Toujours d'une pâleur de mort, le pauvre petit soldat, toujours la même figure serrée dans l'invisible étau du froid qui l'avait saisi. Il avait la tête appuyée 30 au mur, tout près de la porte, et les pieds vers le feu, qui fumait un peu et ne flambait pas. Le sergent déboutonna

le gilet, enleva le baudrier, et, avec un peu de rhum
versé dans le creux de la main, commença à frotter les
tempes et les joues de Mayrargues.　Bien qu'il fût dur
au mal pour les autres et pour lui-même, habitué aux
5 accidents de montagne, peu expansif de sa nature, cela
lui faisait quelque chose[1] de se savoir seul dans cette
cabane, courbé au-dessus de cet homme qui, depuis
vingt minutes, ne remuait plus.

　　Surtout il se reprochait de l'avoir méconnu, taquiné
10 plus que de raison, et d'être cause au fond de cette im-
prudente folie.　Car, si on ne l'avait pas appelé petite
fille, gringalet et le reste,[2] il n'aurait pas eu l'idée, le
pauvre garçon, d'aller planter le guidon français à trois
cents mètres en l'air, dans la neige et l'air glacé.　«Faut[3]
15 être brave tout de même, murmurait Bourieux.　Ce que
ça faisait plaisir[4] de le voir là-haut, les bras en l'air, et
tous les Piémontais furieux, criant comme des perdus!»[5]
Et il frottait plus dur les tempes, les joues, essayait de
desserrer les dents du malade, appuyait en mesure sur sa
20 poitrine qui ne respirait pas.

　　A la longue, il se sentit pris de peur.　Ce n'était pas
un évanouissement ordinaire.　Et que faire de plus,
pourtant?　Il était seul.　De grosses larmes lui montèrent aux yeux, et il se releva pour aller chercher le
25 clairon.　Au moins ils seraient deux à partager la responsabilité, deux à certifier qu'ils avaient tout fait pour
Mayrargues.

　　Le soldat rentrait, dans une trombe de vent et de
neige qui s'abattit sur le lit.　Il rapportait quelques
30 branches mortes de sapin.

　　—Jette vite sur le feu, dit le sergent; il gèle autant
que dehors, ici.

—Toujours pas bougé?[1] demanda l'homme.

—Non, jette vite.

Tous deux disposèrent les branches au-dessus des tisons, et, couchés sur le sol, se mirent à souffler pour hâter la flamme. Une grande fumée s'éleva, qui remplit la cabane, puis une flambée ardente léchant le mur jusqu'à la moitié de sa hauteur.

—Ne t'ennuie pas de souffler, dit le sergent. Moi, je vais l'approcher.

Il se leva, leste, ravivé par la chaleur, saisit Mayrargues sous les genoux et sous les reins, comme un enfant, et l'étendit devant le foyer.

—C'est que,[2] dit le clairon, s'il est gelé, tu vas le tuer!

—J'ai fait tout le reste,[3] dit Bourieux, et tu vois!

Le corps du soldat était raide. Pas une plaque rose ne revenait aux joues. Le clairon souleva une des paupières: l'œil était renversé en arrière et fixe.[4]

—J'ai peur, grommela le soldat, que le pauvre ne soit...[5]

—Tais-toi! interrompit Bourieux. Ce n'est pas possible! Non, pas possible!

Il prenait les mains de Mayrargues, les présentait à la flamme.

—Je crois qu'il se réchauffe, disait-il.

Le clairon tâtait, puis hochait la tête.

—C'est le feu, sergent.

La fente, par-dessous la porte, hurlait comme la gueule d'une bête. Il commençait à faire noir, à cause de la tempête et de l'heure. Les deux hommes à genoux, ayant devant eux Mayrargues, le maintenaient tantôt sur un côté, tantôt sur l'autre. La même angoisse les étreignait.

Le sergent regarda dehors.

—Quatre heures environ, dit-il. Le médecin ne sera pas ici avant deux heures. Sais-tu une prière, clairon?

Le clairon leva les yeux, étonné.

—J'ai oublié celle que je savais, dit-il.

5   —Moi, je n'en ai jamais su, dit Bourieux: ça serait pourtant l'occasion.[1]

Il fit un geste de découragement; puis, comme s'il se rappelait subitement quelque chose, il fouilla dans la poche de son habit à la française.[2] Sa physionomie
10 s'illumina. Il retira un papier plié en quatre, usé aux coins, froissé partout.

—En voilà une,[3] dit-il. Comme ça se trouve! C'est la sienne!

Et aussitôt le sergent commença, de sa grosse voix
15 bourrue qui épelait les mots:

«Sainte Marie, mère de Dieu; sainte Marie-Madeleine, la pécheresse, et l'autre sainte Marie, toutes trois ensemble, ayez pitié des enfants de Provence qui s'en vont au loin. Gardez-les de tout péril, ramenez-les au pays.»
20   —Ainsi soit-il,[4] dit le clairon.

—Je crois, ajouta Bourieux, que j'aurai fait pour celui-là tout ce qu'on peut faire, même des choses dont je n'ai pas l'habitude!

—Oh! oui, alors![5]
25   —C'est que, vois-tu, conclut Bourieux, Mayrargues à présent, c'est comme mon enfant!

Ils se remirent à frictionner le malade, découvrant sa poitrine, écoutant le cœur qui ne donnait aucun battement.
30 Au bout d'une demi-heure, le clairon poussa un cri: Mayrargues ouvrait les yeux. Il n'avait pas de regard, il restait livide; mais on le sentait sauvé.

— Bois, bois, mon petit! fit le sergent en présentant sa gourde aux lèvres serrées de Mayrargues.

— Tiens, j'ai du pain! dit le clairon, courant à un sac. Prends, Mayrargues!

Ils s'étonnaient naïvement que le grenadier ne pût encore ni boire ni manger, puisqu'il vivait.

Cependant quelques gouttes de rhum passèrent bientôt, puis une gorgée. Puis le petit Provençal fut secoué d'un grand tremblement. Il prit un peu de pain, il se releva tout seul, il parla.

.　.　.　.　.　.　.　.　.　.

Vers cinq heures et demie, comme le jour diminuait rapidement, Mayrargues demanda lui-même à partir.

— Mieux vaut essayer de rentrer que de passer la nuit ici, dit-il.

Et il sortit, soutenu par le sergent et par le clairon.

La tempête s'était un peu apaisée. La neige tombait encore. La descente fut pénible, et l'on dut s'arrêter souvent, sans savoir si l'on repartirait. Mais c'était le retour, la caserne chauffée, l'abri, les compagnons, la vie assurée: ils se relevèrent à chaque fois.

Bourieux se montrait doux, attentif, comme il n'avait jamais été avec Mayrargues.

Au moment où le dernier détour de la route allait les amener en vue du fort, il serra la main du petit soldat qu'il tenait dans la sienne:

— Écoute, Mayrargues?

— Oui, sergent, répondit une voix faible.

— Je ne t'appellerai plus petite fille.

— Non, sergent.

— Ni la *promise*, ni rien![1] Tu es un brave!

— Oh! sergent!

— Et tu es mon ami à la vie! Tu m'as fait honneur, mon petit grenadier! A notre entrée en Piémont,[1] tu pourras piller. . .

— Oh!

5   — Tuer, voler, faire les cent coups.[2] Je ne te dirai rien: tu es mon ami.

Il devait pleurer,[3] car il s'essuyait les yeux du revers de sa manche, tandis que, du fort prochain, un groupe de soldats levaient les bras et criaient:

10   — Les voilà! les voilà!

NOTES

LA JUMENT BLEUE

Page 1. — 1. **Emporte bien,** *be sure to take along;* the adverb *bien* has various meanings according to the context.

2. **du pays des Côtes,** i.e. *des Côtes-du-Nord,* a department situated in the northern part of Brittany.

3. **par là,** i.e. *par cette ceinture de bois.*

4. **La Grénetière.** This name, a derivative of *grain,* would imply that the farm was very productive of wheat, but the author takes care to add that "one might say that it was rather inappropriate."

Page 2. — 1. **couleur de nuages d'été.** The flower of the buckwheat is either white or pale red.

2. **que traversait un ruisseau.** When the subject of a relative clause is quite long, it is better placed after the verb as here. There are many illustrations of this construction through the book. Use the passive voice in English.

3. **maîtresse,** a title of courtesy. Translate: *Mrs. Bénic.*

Page 3. — 1. **la Nielle,** the mare's name. Use the same word in the translation. It is the name of a flower.

2. **de Te Deum.** These words are Latin, *Te Deum laudamus,* "we praise Thee, God," the first of a church hymn "sung on all occasions of thanksgiving." Notice that it does not take the plural mark.

3. **Fine-Oreille,** *Quick-Ear,* the dog's name.

Page 5. — 1. **toutes pleines,** *untouched; tout,* although an adverb, varies when followed by a feminine adjective, singular or plural, beginning with a consonant or h aspirate.

Page 6. — 1. **d'ici plusieurs années,** *for several years.*

2. **il devinait de souvenir . . . ,** *he saw in his mind's eye . . .*

3. **que** is used here to avoid the repetition of the conjunction beginning the preceding clause. Here it stands for *comme.*

Page 7. — 1. **le commandant de remonte,** *the chief officer intrusted with the purchase of the remounts,* i.e. of fresh horses.

2. **sans être annoncée,** *unbidden.*

3. **On fera . . . la Nielle et moi** = *La Nielle et moi, nous ferons de notre mieux.*

Page 8. — 1. **Cela fit . . . ,** *He became a good soldier and la Nielle a good charger.*

2. **astiqué comme pas un,** "the nattiest in the whole command." *Trumpeter Fred,* by Captain Charles King, U. S. A.

Page 9. — 1. **attaquer un royaume.** The allusion is too vague to allow the reader to find out which kingdom was to be attacked. Further on, page 9, line 21, the nurse who tells the story confesses that she does not even know the name of the place where the battle was fought.

2. Distinguish *eût* from *eut.* *Eût* in a principal clause and sometimes in a dependent clause = *aurait.* A few examples are found in this book. — **On eût dit des taillis . . . ,** *they looked like coppices* . . . (on account of the lances they bore). A probable reminiscence of Macbeth (Act V, Scene 5).

3. **Elle ne faisait que traverser,** *it lasted only a short time.*

4. **Mes enfants.** Bonne Perrette, the nurse of René Bazin, his brother and sisters, is telling them the story.

5. **ne se comptaient pas,** *were innumerable.*

Page 10. — 1. **un de bon.** The preposition *de* is used here expletively.

2. **à rebrousse-poil;** literally: "against the grain"; freely: *stemming the rush of the retreat.*

Page 11. — 1. **ça n'est pas . . . ,** colloquial for *ce n'est pas . . .*

2. **je retiens,** *I claim,* i.e. I retain my rights in the mare to the extent of laying claim to her colt.

3. **ton fils à toi,** *your son,* i.e. "your" emphasized.

Page 12. — 1. **morte,** *maimed.*

LE MOULIN QUI NE TOURNE PLUS

2. **maître;** see page 2, note 3.

3. **le rendait fou,** *made it whirl like mad.*

Page 13. — 1. **de ce que . . . de profits assurés,** *at whatever assured profits.*

2. The meaning is that he gave each customer two bags of flour for a bag of wheat and kept the rest. — **Il y gagnait encore assez,** *in this way* (**y**) *he still made enough.*

3. **eût**; see page 9, note 2.

4. **tant il avait de beaux habits . . .** = *parce qu'il avait de si beaux habits, la mine si fraîche, l'air si content de vivre* (with life).

5. **mon bonhomme!** rather too patronizingly, "old man," or "my boy."

6. **A vieillir** = *en vieillissant.*

7. **plus demoiselle que meunière,** *looking more like a city-refined young lady than a country-bred daughter of a miller.*

Page 14. — 1. **se disputeront à qui deviendra . . .** = *se disputeront l'honneur de devenir.*

2. **le Guenfol,** the name of a neighboring small farm.

Page 15. — 1. **maître Humeau et la compagnie,** a common greeting of French country people when meeting a group of persons. Translate: *maître Humeau and all.*

2. **du joli blé.** The strictly grammatical form is *de joli blé.*

3. **Vous l'avez bien fait . . .** *Bien* here expresses surprise. Translate: *why, didn't you do it . . . ?*

Page 16. — 1. **que tout y passe,** *that all of it be thrown away.*

2. **aura faibli.** The past future tense is used here to express probability. Translate: *has probably gone down.* See same case page 17, line 4: *il y aura eu . . .*

Page 17. — 1. **voilà ce que c'est que! . . .** Freely: *that's what you get for listening to them.*

2. **y sont pour quelque chose,** *have something to do with it.*

Page 19. — 1. **Je n'y peux rien,** *I have nothing to do with that; I cannot help it.* — **Peut-être que si** (yes), *perhaps you do.*

2. **en vous voyant de dos,** "on getting a back view of you," i.e. *when you turned your backs on it.* — **en vous voyant de face,** "on getting a full view of you," i.e. *when you will face it.*

3. **ce qu'il a,** *what is the matter with it.* See same idiom, line 32: *ce qu'ont vos ailes* (*ce que les ailes de votre moulin ont*).

Page 21. — 1. **grenant comme pas un,** *more productive of grain than any other.*

LA BOÎTE AUX LETTRES

2. **l'Assomption,** a Catholic church festival, celebrated on August 15, in honor of the miraculous ascent to heaven of the Virgin Mary's body after death.

3. **une,** *one.*

Page 23. — 1. **s'il se fût agi . . .** Literally: "if it had been a question . . . " Translate: *if he had been a cone-shaped pear-tree.*
2. **cette fente,** *the slit of the letter-box.*
3. Notice that the language of the servant throughout is not book language. — **monsieur le curé,** *sir.* — **v'là,** colloquial for *voilà.* — **et sale encore!** *and dirty too!* — **Ils en font de belles!** *They are up to fine doings!* (sarcastic.)
4. **Ont-ils pas** = *N'ont-ils pas . . .*

Page 24. — 1. **il n'y a qu'elles pour . . . ,** *they are the only birds capable to . . .*
2. **N'y a pas . . . ,** colloquial for *il n'y a pas . . .* Translate: *No fear of that.* — **pour ce que c'est beau!** *that* (i.e. the nest) *is not so nice.*
3. **où la . . . aurait pu tenir,** *in which there would have been room enough for all the mail received within one year by all the inhabitants of the village.*

Page 25. — 1. **La Saint-Robert** = *la fête de Saint Robert,* the patron saint of the priest. The French do not, as a rule, celebrate birthdays, but congratulate their relatives and intimate friends on the occasion of their patron saints' days.
2. **Ça** = *ils.*
3. **par exemple,** *sure enough; indeed.*
4. **des coins d'âme d'enfant . . . ,** *he had within himself something of the soul of a child, which had not been seared with age.*

Page 26. — 1. **d'ici trois jours,** *within three days;* cf. page 6, note 1. — **au gouvernement;** until recently, all promotions in the French clergy had to be approved by the Minister of Public Worship.

Page 27. — 1. **Toc, toc,** an onomatopaeia, imitating the knocking at a door. Translate: *Tap, tap.* — **Je le pensais bien,** *I thought so.*

2. **Grand Dieu!** *Dear me!*

3. **ça ne se rattrape pas,** *lost time cannot be recovered,* i.e. you missed your chance, you shall never get another one.

QUINZE BILLETS BLEUS

Page 28. — 1. **billets bleus.** French banknotes are light blue. Cf. the American slang: "greenbacks." Here it is a question of one hundred franc banknotes.

Page 29. — 1. **le monopole,** i.e. *le monopole des Pompes funèbres,* "the General Funeral Undertaking Company." In large French cities, the undertaking business is let by contract to a single company.

2. **"Enfants de Marie,"** a church association, usually composed of young ladies, especially devoted to the worship of the Virgin Mary.

3. **Les employés des Pompes funèbres,** *the Agents of the General Funeral Undertaking Company;* see page 29, note 1.

Page 30. — 1. **Ferez-vous poursuivre?** ... *Will you sue me for it?*

2. **voilà,** i.e. *voilà tout.*

3. **qui tenaient les cordons du poêle.** Literally: "who held the strings of the pall"; freely: *who were the pall bearers.*

4. **maître** is a title commonly given in courtesy to lawyers and notaries.

Page 31. — 1. **Le nuage** (literally: "cloud"). Translate here: *the group* (formed by Miss Morel's friends).

Page 32. — 1. **et ceux** que je vous ferai, *and what you will have to pay me.*

2. **avait fait au moins deux saisons de trop,** *had been worn at least two years too long.*

3. **le petit cahier,** *the small bundle of banknotes.*

4. **qui n'avait pas dû** ..., *who must seldom have had such a large sum in her possession.*

Page 33. — 1. **qui fait long feu devant l'amorce,** *which fizzles out when the priming explodes.*

2. **Prenez donc.** When *donc* follows an imperative, it expresses emphasis. Translate: *do take it.*

3. **faisaient . . . comme,** *made the same impression as.*

4. **Va-t-elle! . . . =** *Comme elle va être contente! . . .*

Page 34. — 1. **Elles s'étaient mises toutes deux . . .** *They had put their heads together . . .*

Page 35. — 1. **plantée en pleine chair,** *coming right out from the stem.*

Page 36. — 1. **ne.**   Omit in translating; *ne* is usually expected after *craindre, avoir peur,* etc., used affirmatively.

2. **du premier,** i.e. *du premier étage* (floor), which corresponds to the second story in an American house.

3. **J'avais beau me dépêcher,** *although I hastened as fast as I could.*

4. **"cadre,"** *frame;* translate: *picture.*

5. **Tant pis!**   Literally: "So much the worse (for decency)." Freely: *I don't care a snap.*   It is unladylike to do so, but since you are an old man, I am going to kiss you.

6. **se laissa faire,** i.e. *se laissa embrasser.*

7. **qu'on . . .**   See page 6, note 3.

LE CHAPEAU DE SOIE

Page 37. — 1. **la Sarthe,** a department in Western France formed with parts of the old provinces of Maine and Anjou and named from the main river passing through it.

2. **la Lorraine,** an old Eastern French province, the remains of the former kingdom of Lotharingia.

Page 38. — 1. **les deux provinces annexées.**   Alsace (except the city of Belfort and its territory) and a part of Lorraine were ceded to Germany by the treaty of Francfort (1871).

2. **la fête des Rois,** the *Twelfthnight,* celebrated on January 6. People celebrate it by inviting friends to take dinner with them. At dessert, a cake is served in which a bean or sometimes a small china doll has been concealed. (See Maupassant's *Huit Contes Choisis,* p. 51, D. C. Heath & Co.)   The person who gets it is elected king or queen according to the sex, and selects a partner, king or queen, as the case may be.   Hence the allusion, line 29: *à la grande reine.*

3. **petit vin,** *light wine.* — **La Moselle,** a river flowing through

Eastern France and Germany; also a part of the old province of Lorraine.

Page 89. — 1. **comme,** *something like.*

2. **le malheur voulut . . . ,** *unfortunately it happened . . .*

3. **Passe pas** = *on ne passe pas.* Translate: *Halt!*

Page 40. — 1. **du peloton d'exécution,** i.e. platoon of soldiers ordered to shoot him.

2. **donc;** see page 33, note 2.

Page 42. — 1. **en belle place,** *in a conspicuous place.*

Page 43. — 1. **Pour Dieu!** *For Heaven's sake!*

2. **Nous autres.** *Autres* is used for emphasis. Omit in English.

Page 44. — 1. **du soir des Rois;** see page 38, note 2.

HISTOIRES DE DINDONS

2. **les Dombes** and **la Bresse** are two districts of the old province of Bourgogne (near Switzerland), the capital of the former being Trévoux and that of the latter, Bourg.

3. **dire tout en friche,** *compare to a completely untilled field.*

Page 45. — 1. **le rendait fou,** *made him lose his head.*

2. **d'une maladresse . . .** = *d'une telle* or *d'une si grande maladresse.*

Page 46. — 1. **Ça me changera bien,** *that will be a great improvement.*

Page 47. — 1. **officier de santé,** a physician authorized to practise without having the degree of doctor in medicine; suppressed since 1892.

Page 48. — 1. A reward is paid to persons who discover the bodies of people who have hung or drowned themselves; also to those who save the lives of people who attempt to commit suicide through either method.

2. **Je l'ai fait,** *I have tried it.* He refers to the remedy suggested, page 47, line 22.

3. **mais voilà;** . . . i.e. *mais voilà la difficulté.*

Page 49. — 1. **Je dis bien,** *I do say.*

2. **Lors donc que** = *Donc lorsque.*

3. **T'as mal pensé**; dialectal for: *Tu as mal pensé*. Translate: *You are mistaken; you are wrong.*

Page 50. — 1. **rire jaune** (common expression), "to laugh reluctantly," "on the wrong side of the mouth"; *rire rouge* (uncommon expression), "to laugh until one is red in the face," that is, "immoderately."

LA VEUVE DU LOUP

Page 52. — 1. **chouans**, royalist sympathizers who carried on a kind of guerilla warfare in Western France under the First Republic (1792–1804). Some claim that the name comes from the nickname of one of the leaders of the rebellion, Jean Cottereau, also called le Chouan; others, that it originated from their adoption of the screech of the *chouette* (brown owl) as a rallying cry.

2. **Les volontaires**, *the volunteers* who had served in the armies of the Republic. — **Les partisans**, i.e. *les partisans du roi.*

3. **l'habit à la française**, *the grenadier's coat*, made on the model of a swallow-tail coat, with broad white facings.

4. **j' sommes**, dialectal for *nous sommes*, i.e. *my party is victorious.*

5. **N'y a pas . . .**; cf. page 24, note 2.

Page 53. — 1. **je faisions**; cf. page 52, note 4.

2. **T'as . . .**; cf. page 49, note 3.

Page 55. — 1. **pour celui . . .**, i.e. *pour le meunier.*

2. **un gâteau de pain bénit**, *a tiny loaf of consecrated bread.* The past participle of *bénir* has two forms: *béni, –e*, "blessed," and *bénit, –e*, "consecrated," "holy." Examples: *du pain bénit, de l'eau bénite.*

Page 56. — 1. A Catholic considers the day of his first communion as the greatest in his lifetime.

Page 57. — 1. **à la boire**, *by inhaling it . . .*

Page 58. — 1. **rentier** is a person who lives on his income. Translate here: *the only well-off woman.*

2. **vit** (from *vivre*), *shows signs of life.*

LE GRENADIER DE LA BELLE NEUVIÈME.

Page 61. — 1. **neuvième**, i.e. *neuvième compagnie.*

2. **Perrette**; see page 9, note 4. — **la Provence,** an old South-eastern French province.

3. **la Révolution,** i.e. the French Revolution of 1789.

Page 62. — 1. **Kellermann** (1735–1820), a marshal of France. He and Dumouriez defeated the Prussians at Valmy in 1792.

2. **la terre promise,** *the promised land.* It is not a question here of the land of Canaan, but of Italy. At the beginning of the campaign of Italy, Bonaparte, in his proclamation to his troops, said: "Soldats, vous êtes mal nourris et presque nus ... Je vais vous conduire dans les plus fertiles plaines du monde: vous y trouverez de grandes villes, de riches provinces; vous y trouverez honneur, gloire et richesses." Hence the expression: *la terre promise.*

3. **Louis XVI,** king of France, beheaded in January, 1793.

Page 63. — 1. **Vous revient-il, celui-là?** = *Celui-là vous plaît-il?*

2. **ça** is used disparagingly for a person or persons. Translate: *Is that fellow to be a soldier of mine?*

3. **la Camargue** is an island in the mouth of the river Rhône.

Page 64. — 1. **Tu en as bien l'air,** *You look like it.* — **A l'habillement!** = *Va au magasin d'habillement, go to the commissariat department.* — **Et filons!** = *Et file = dépêche-toi.* — **va,** *I tell you.* — **et si tu ne t'y mets pas!** ... *and if you do not show the proper spirit!* ...

2. **Piémontais,** *Piedmontese,* the inhabitants of Piedmont, the northwestern part of Italy.

Page 65. — 1. **un papier à fleurs,** fancy letter paper, especially used by children to congratulate a relative on the return of his or her saint's day, and also to wish a happy New Year.

2. **C'est la première fois!** ... i.e. *c'est la première fois que je vois une chose semblable.*

3. **Paraît** = *Il paraît.* — **il y tient à l'objet!** *he cares about the paper.*

Page 66. — 1. **à ce que je vois,** *as I see.*

2. **un papier de fête;** cf. page 65, note 1.

3. **Marie;** cf. page iv, footnote 3. The legend of the three Maries coming from Jerusalem to Provence is the subject of a whole canto in the poem Mirèio by the great Provençal poet Mistral. Bazin, or rather Bonne Perrette, disagrees with Mistral in considering Jesus's mother as one of the three Maries. "The three

Maries are Mary Magdalen, Mary, the mother of James and John, and Mary, the mother of James the Less. After the Crucifixion, they embark with Saint Trophime, and successfully battling with the storms of the sea, they land finally in Provence, and by a series of miracles convert the people of Arles." *Frédéric Mistral* by Charles A. Downer, p. 117.

4. **Le Mas-des-Pierres**, probably a fictitious name. *Mas* is the Provençal word for "farm-house."

Page 67. — 1. **Ça n'a pas cours ici.** This is a play on the word *billet*. He speaks of the prayer as if it were a banknote: "it is not current, negotiable here."

2. **tu seras au rapport . . .** , *you will be reported; you will be mentioned in my official report . . .*

3. **Picardie**, *Picardy*, a former province of Northern France.

4. **la promise** = *la fiancée.*

Page 68. — 1. **rentrez le ventre**; literally: "draw in your stomach"; freely: *keep your alignment; stand up straight.*

2. **c'est pas . . .** = *ce n'est pas . . . It is not required in the military instructions.*

3. **Que voulez-vous !** Supply: *que j'y fasse.* Translate: *I cannot help it.*

4. **Soyez donc ! . . .** *How can one be ! . . .*

Page 69. — 1. **à eux**, *of their own.*

Page 70. — 1. **Il venait aux lieutenants . . .** = *les lieutenants prononçaient . . .*

2. **à l'adresse du voisin**, *intended for ; destined to impress* or *awe the other party.*

3. **grazie tante.** Italian words meaning: "thank you so much, or very much."

4. **chauvin** (derived from the name of Nicolas Chauvin, a brave soldier of the First Republic and the First Empire), *chauvinist, ultra patriot.* The abstract noun is *le chauvinisme.* Cf. English *jingo, jingoism.*

Page 71. — 1. **faisant bouillir la soupe**, *preparing their meal.*

2. **dépêchons** for *dépêchons-nous.*

3. **les macaronis**, i.e. *les Italiens.*

4. **partie**, i.e. *qui est partie.*

Page 72. — 1. **au train dont on marchait, l'affaire était sûre,** *at the rate they were going, the outcome was certain.*

Page 73. — 1. **qui avait de la voix et de la mesure,** i.e. *qui avait une belle voix et qui chantait en mesure* (to keep time).

Page 75. — 1. **Abbasso il Francese!** Italian words meaning " Down with the Frenchman."

2. **Sans savoir,** i.e. *sans savoir le chemin,* or *à l'aventure* (at random).

Page 76. — 1. **Fier toupet!** Literally: "proud forelock"; freely: *wonderful pluck.* — **la faire, sa punition,** emphatic construction: "to undergo his punishment," i.e. *to be punished in his stead.*

Page 78. — 1. **Il s'en fallait . . . que.** Literally: "It lacked still more than one-fourth of a league" . . . ; freely: *They were still at a distance of more than a kilometer from the place where* . . .

2. **levons-nous** = *lève-toi.*

Page 79. — 1. **au bout des sapins,** i.e. *au bout du bois de sapins.*

Page 80. — 1. **cela lui faisait quelque chose** . . . *it gave him a disagreeable impression* . . .

2. **et le reste,** *and so forth,* i.e. and other nicknames.

3. **Faut,** dialectal for *Il faut.*

4. **Ce que ça faisait plaisir** = *quel plaisir ça faisait.*

5. **criant comme des perdus,** *shouting like mad, like wild men.* Cf. the American expression: "yelling like Comanches," "like Indians."

Page 81. — 1. **toujours pas bougé?** = *Il n'a pas encore bougé?*

2. **C'est que . . .** = *Le danger est que* . . .

3. **J'ai fait tout le reste,** *I have tried every other means.* — **et tu vois!** i.e. *et tu en vois le résultat.*

4. **l'œil était renversé en arrière.** Cf. the following from Kipling: "the eyes were rolled back till you could see only the whites of them." IN THE HOUSE OF SUDDHOO, *Plain Tales from the Hills.*

5. **ne soit . . .** See page 36, note 1. The full thought of the soldier is of course that he is afraid the poor fellow is dead.

Page 82. — 1. **l'occasion,** *the proper time or never.*

2. **l'habit à la française;** cf. page 52, note 3.

3. **En voilà une.** He refers to the prayer which he had " con-

fiscated" and put in his pocket when Mayrargues reached the fort (see page 67). — **Comme ça se trouve !** *What a strange coincidence!*

4. **Ainsi soit-il,** *Amen.*

5. **Oh! oui, alors,** *I should say so.*

Page 83. — 1. **ni rien,** *nor any other nickname.*

Page 84. — 1. **Piémont;** see page 64, note 2.

2. **faire les cent coups,** *to commit all sorts of crimes.* — **Je ne te dirai rien,** *I shall not punish you.*

3. **Il devait pleurer,** *he was probably weeping; he must have been weeping.*

VOCABULARY

Words having the same form and meaning in both languages, and very common grammatical terms have been omitted.

A

à, at, to, in, of, on, by, with.

abaisser (s'), to lower oneself, be lowered; be pointed (at); fall, come down, drop.

abandon, *m.*, abandonment.

abandonner, to abandon, give, give up, desert.

abattre, to cut down; shoot down; **s'—**, fall, sweep.

abbé, *m.*, abbé, priest.

abeille, *f.*, bee.

abîme, *m.*, abyss.

abonder, to abound.

abord, *m.*, access; *pl.*, vicinity; **d'—**, first, at first.

aborder, to accost, go up to, reach, approach.

aboutir, to end in, lead to.

abri, *m.*, shelter, refuge.

abriter, to shelter.

accent, *m.*, accent, tone.

accepter, to accept.

accidenté, **–e**, uneven.

accidentel, **–le**, accidental, casual.

accompagner, to accompany.

accourir, to run, run up.

accoutumé, **–e**, accustomed.

accroche-cœur, *m.*, love-lock.

accroché, **–e**, hanging.

accrocher (s'), to cling; catch; get caught.

accroître (s'), to increase, become deeper.

accru, accrut, *see* **accroître**.

accueillant, **–e**, kind.

accueillir, to receive, greet; **bien —**, welcome.

accuser (s'), to accuse oneself.

achat, *m.*, purchase; **commission d'—**, purchasing board.

acheter, to buy.

achevé, **–e**, perfect.

achever, to finish, complete.

acier, *m.*, steel.

acquérir, to acquire, obtain.

acquitter, to acquit, pay.

acteur, *m.*, actor.

adieu, *m.*, farewell, good bye.

adjudant, *m.*, adjutant (*highest non-commissioned officer*).

admettre, to admit.

admirer, to admire.

adosser, to set against; **s'—**, lean against.

adresse, *f.*, address.

adresser, to address, make, give; **s'—**, address oneself, apply.

adroit, **–e**, skilful, clever.

adversaire, *m.*, opponent, antagonist.

aërien, **–ne**, aerial.

affaire, *f.*, affair, business, case; *pl.*, business; **faire l'—**, to suit.

affecter, to incorporate, draft.

afficher, to show off, make parade of.

affirmati-f, **–ve**, affirmative.

affirmer, to affirm, maintain.

affreu-x, -se, frightful, dreadful.

affubler, to rig out, dress; deride; burden, give.

afin de, in order to; — que, in order that, so that.

âge, m., age, old age.

âgé, -e, aged, old.

agir, to act.

agiter (s'), to stir, be in motion.

agrandir, to enlarge.

aide, f., aid, help.

aider, to aid, help.

aïeul, m., grandfather.

aïeux, m. pl., ancestors.

aigle, m., eagle.

aigre, sharp.

aigrir, to embitter, sour.

aigu, -ë, sharp, eager, pointed.

aiguille, f., needle.

aile, f., wing; sail.

aileron, m., pinion.

aillent, see aller.

ailleurs, elsewhere; d'—, besides, moreover; partout —, anywhere else.

aimer, to like, love, be fond of; s'—, love each other.

aîné, m., elder, eldest.

ainsi, thus, so.

air, m., air, look, appearance; tune; song; en l'—, up, upwards, upraised; avoir l'— de (followed by a noun), to look like; (followed by a verb) seem.

aisance, f., ease, ample means.

aisé, -e, easy.

aisément, easily.

ajonc, m., furze.

ajouter, to add.

alerte, adj., quick, brisk.

alerte, f., alert, alarm.

alignement, m., dressing, line.

aligner (s'), to dress, stand in a straight line.

allée, f., alley, walk, path.

allemand, -e, German.

allemand, m., German language.

aller, to go, be going, be about to; allons! come! well! now! cela va de soi, of course; s'en —, go away; extend; slope.

allongé, -e, lengthened, long, stretched; horizontal, level, straight.

allonger, to stretch, stretch out.

allumer, to light, kindle.

allure, f., gait, manner.

alors, then; d'—, of that time, former.

Alpe, f., or Alpes, f. pl., Alps.

amasser, to amass, lay up; s'—, accumulate, drift.

âme, f., soul.

amener, to bring, lead.

amertume, f., bitterness, grief.

ami, -e, m., f., friend.

amitié, f., friendship; faire des —s, to make friends.

amorce, f., priming.

amour, m., love; —-propre, self-love, vanity.

an, m., year.

ancien, -ne, ancient, former, old, retired.

âne, m., donkey; see dos.

ange, m., angel.

angle, m., angle, corner; borne d'—, curb-stone.

angoisse, f., anguish.

animé, -e, animated, flushed.

animer, to animate, excite.

année, f., year.

annoncer, to announce.

annuel, -le, annual.

apaiser (s'), to abate.

apercevoir, to perceive, see, notice; s'—, see each other; s'— de, perceive, notice.

apostrophe, f., reproach, hoot, insult.

apparaître, to appear.

apparence, *f.*, appearance; en —, apparently.

apparition, *f.*, apparition, phantom.

appartement, *m.*, apartments.

appartenir, to belong.

apparut, *see* apparaître.

appel, *m.*, call.

appeler, to call, call in, call for; s'—, be called.

appétit, *m.*, appetite.

appliquer (s'), to work very hard.

apporter, to bring.

apprécier, to appreciate, value.

apprendre, to learn, be informed; teach.

apprit, *see* apprendre.

approche, *f.*, approach.

approcher, to bring near; — de *or* s'— de, come *or* draw near.

appui, *m.*, (window) sill.

appuyé, -e, leaning, resting.

appuyer, to lean, press; s'—, lean.

après, after, later; d'—, after; l'instant d'—, the next moment.

arbre, *m.*, tree; — de pivot, shaft.

aragne, *see* araignée.

araignée, *f.*, spider.

ardent, -e, passionate, fond; hot.

ardoise, *f.*, slate.

arête, *f.*, edge, ridge, line of intersection (between two slopes).

argent, *m.*, silver, money; d'—, silvery.

armature, *f.*, frame.

arme, *f.*, arm, weapon; —s, arms, coat of arms.

armée, *f.*, army.

armer, to cock.

armoire, *f.*, cupboard, closet.

arracher, to snatch.

arrangement, *m.*, arrangement, agreement.

arrêter, to arrest; stop; s'—, stop, rest.

arrière, back; en —, behind, thrown back.

arrière-regain, *m.*, third crop of hay.

arrivée, *f.*, coming.

arriver, to arrive, happen, come; —à, reach.

artificiel, -le, artificial.

artillerie, *f.*, artillery.

ascension, *f.*, ascent.

asperge, *f.*, asparagus.

asseoir, to seat; s'—, sit down.

assez, enough, sufficiently, rather, quite.

assis, -e, seated, sitting; set; solidement —, with a good foundation.

assister, to be present.

assoiffé, -e, thirsting.

assujettir, to fasten.

assuré, -e, sure, save.

assurément, assuredly, surely.

assurer, to assure.

astiqué, -e, furbished, clean; martial.

atelier, *m.*, studio.

attacher, to attach, fasten, tie.

attaquer, to attack.

atteindre, to attain, reach; hit.

attelage, *m.*, team.

atteler, to harness.

attendre, to wait, wait for, await, look for; s'— à, expect, look for; se faire —, be late, be long in coming.

attendrir, to move, touch.

attenti-f, -ve, considerate.

attentivement, attentively.

attraper, to catch.

aube, *f.*, dawn.

aubépine, *f.*, hawthorn.

auberge, *f.*, inn.

aucun, –e, any, no, not any, not one, none.

audace, *f.*, audacity, daring.

au-dessous, under, below, beneath.

au-dessus, above, over.

audience, *f.*, court, sitting.

aujourd'hui, to-day, nowadays.

auprès de, near.

aussi, also, too; therefore.

aussitôt, immediately.

autant, as much, so much, as many, so many; d'— mieux, so much the more.

automne, *m. or f.*, fall.

autour, around; — de, around, about.

autre, other.

autrefois, formerly; d'—, former.

avaler, to swallow.

avancé, –e, advanced; d'un âge —, advanced in years.

avancer, to advance, put forward, hold out; s'—, advance, proceed, go forward, come forward.

avant, before; — de *or* que, before; en —, forward; tout en —, far ahead.

avarice, *f.*, greed, niggardliness.

avec, with.

avenir, *m.*, future.

aventure, *f.*, adventure, experience; à l'—, by accident, by chance.

aventurer (s'), to venture.

avenue, *f.*, avenue, walk.

aveu, *m.*, avowal, confession.

aveuglant, –e, blinding.

avis, *m.*, opinion, notice, warning; être d'—, to advise; m'est —, I suggest.

aviser, to perceive, notice, consider; inform.

avoine, *f.*, oats.

avoir, to have, hold, wear; — raison, be right; il y a, there is *or* are; it is; ago; qu'y a-t-il? what is the matter? qu'avez-vous? what is the matter with you?

avouer, to confess, acknowledge, admit.

avril, *m.*, April.

ayant, *see* avoir.

B

baguette, *f.*, rod, stick.

bah! pshaw!

bahut, *m.*, wardrobe.

bâiller, to yawn; be ajar.

baiser, to kiss.

baiser, *m.*, kiss.

baisser, to lower, cast down, slant; se —, stoop down.

balafre, *f.*, scar, gash.

balai, *m.*, broom.

balancer (se), to swing about.

balayer, to sweep.

balbutier, to stammer.

balle, *f.*, ball, bullet, shot.

ballot, *m.*, bale.

banal, –e, common, commonplace.

banc, *m.*, bench; bed.

bande, *f.*, band, troop; strip; belt; slip.

banlieue, *f.*, suburb.

barbe, *f.*, beard; rire dans sa —, to laugh in one's sleeve.

barbu, –e, bearded.

barrer, to bar, obstruct.

barrière, *f.*, gate.

bas, *m.*, bottom, lower part, foot.

bas, –se, low.

bas, *adv.*, low; tout —, très —, in a very low tone of voice; tout en —, at the very bottom; *see* boiter.

basculer, to seesaw, sway, go over.

base, *f.*, base, foot, bottom.

basilic, *m.*, basil, mint.

basque, *f.*, skirt.

basse-cour, *f.*, poultry yard.

bataille, *f.*, battle.

bâtir, to build.

battement, *m.*, beating, throbbing; flutter, motion.

battre, to beat; se —, fight.

baudrier, *m.*, shoulder-belt.

bavarois, -e, Bavarian.

Béarnais, *m.*, *an inhabitant of the old French province Bearn (near Spain)*.

beau, bel, belle, beautiful, fine; belle humeur, good humor.

beaucoup, much, many, a great deal.

beau-père, *m.*, father-in-law.

beauté, *f.*, beauty, fineness.

bec, *m.*, beak, bill.

bêche, *f.*, spade.

bêcher, to dig.

becquée, *f.*, beak-full, food.

bel, *see* beau.   [ary.

bénéficiaire, *m.* and *f.*, benefici-

berger, *m.*, shepherd.

besogneux, *m.*, poor, needy people.

besoin, *m.*, need, necessity, want; avoir — de, to need, want.

bête, *f.*, beast, animal, cattle; bird; fool; — de rapine, predatory bird.

bête, *adj.*, stupid, foolish.

beurre, *m.*, butter.

bidon, *m.*, canteen, tin flask.

bien, *adv.*, well, very, quite, indeed, really; — des, many; ou —, or else; — que, though, although; si — que, so that; eh —! well! well then!

bien, *m.*, good; possession, property, fields.

bienfaiteur, *m.*, benefactor.

bientôt, soon, shortly.

bienveillance, *f.*, benevolence, kindness.

bienvenu, -e, welcome.

bigarré, -e, variegated.

billet, *m.*, note, letter, bill, promissory note.

bise, *f.*, north wind.

bison, *m.*, buffalo.

blanc, -he, white; pure.

blancheur, *f.*, whiteness.

blanchir, to turn white, brighten.

blé, *m.*, corn, wheat, field of wheat.

blême, sallow, wan.

blessé, *m.*, wounded man.

blesser, to wound, hurt.

blessure, *f.*, wound.

bleu, -e, blue.

bloc, *m.*, block, large piece.

blond, -e, fair, light; yellow; d'un — roux, auburn.

boër, Boer.

bœuf, *m.*, ox.

bohémien, *m.*, Bohemian; rover.

boire, to drink; — un coup, have a drink.

bois, *see* boire.

bois, *m.*, wood, forest; piece of wood; de —, wooden; — de rose, rose wood.

boisé, -e, woody.

boisseau, *m.*, bushel.

boisselée, *f.*, bushelful; — de terre, what a bushel of grain will sow, very small field.

boit, *see* boire.

boitailler, to limp slightly.

boîte, *f.*, box; — aux lettres, letter box.

boiter, to limp; — bien bas, be very lame.

bolée, *f.*, bowl.

bon, -ne, good, kind; right; de —ne heure, early.

bond, *m.*, bound, jump.

bonde, *f.*, sluice.

bonheur, *m.*, happiness, good fortune, luck.

bonhomie, *f.*, good-nature.

bonhomme, *m.*, simple-hearted man; old fellow.

bonjour, *m.*, good morning, good day; how do you do?

bonnement, simply; tout —, simply.

bonnet, *m.*, cap; — à poil, grenadier's cap, bearskin cap.

bord, *m.*, border, side, bank, brim, edge, brink, sill; par-dessus —, overboard.

border, to border, line.

bordure, *f.*, border, strip, narrow track.

borne, *f.*, post; — d'angle, curbstone.

bouché, -e, bottled, sealed.

bouchée, *f.*, mouthful.

boucler, to buckle.

boue, *f.*, mud.

boueu-x, -se, muddy.

bouffant, -e, ample, full.

bouger, to move.

bouillir, to boil.

boule, *f.*, ball.

bouleau, *m.*, birch.

boulet, *m.*, cannon-ball.

bouquet, *m.*, nosegay; cluster.

bourdonner, to hum.

bourg, *m.*, borough, small town.

bourgeois, *m.*, person of the middle class: burgher, townsman.

bourré, -e, rammed in.

bourru, -e, peevish, surly.

bousculé, -e, jostled.

bout, *m.*, end, extremity; du — du pied, with the point of his toe.

bouteille, *f.*, bottle.

bouteillée, *f.*, bottleful, bottle.

bouton, *m.*, button.

boutonnière, *f.*, buttonhole.

braconner, to poach.

braconnier, *m.*, poacher.

branche, *f.*, branch.

brandir, to brandish.

bras, *m.*, arm.

brave, brave, good, worthy.

brave, *m.*, brave man.

bref, brève, brief, short.

bretelle, *f.*, strap, suspender; le fusil à la —, his gun slung on his back.

breton, -ne, Breton, of Brittany.

bréviaire, *m.*, breviary.

bride, *f.*, bridle; tourner —, to wheel about.

brigadier, *m.*, (cavalry) corporal.

brin, *m.*, blade, sprig.

brique, *f.*, brick.

brise, *f.*, breeze.

briser, to break, shatter· se —, be broken.

bronzé, -e, sunburnt.

brosse, *f.*, brush.

brosser, to brush.

brouillard, *m.*, fog.

brouter, to browse, graze.

bruit, *m.*, noise, rumor.

brume, *f.*, haze, mist, fog.

brumeu-x, -se, misty.

brun, -e, brown.

brune, *f.*, dusk; à la —, at dusk.

brusquement, suddenly.

bruyant, -e, noisy.

bruyère, *f.*, heath.

buffleterie, *f.*, shoulder-belts, cross-belts.

buisson, *m.*, bush.

bureau, *m.*, office.

buste, *m.*, bust.

but, *see* boire.

but, *m.*, aim, end.

butin, *m.*, booty, spoil.

butte, *f.*, knoll, mound, hillock.

buvaient, buvant, *see* boire.

C

ça, *see* cela.

çà, here.

cabane, *f.*, hut, shed.

cabinet, *m.*, office, room; — de travail, study, office.

cacher, to hide, conceal.

cadeau, *m.*, present.

cadenette (en), braided in a tress.

cadet, *m.*, younger, youngest.

cadre, *m.*, frame.

cage, *f.*, cage; upper part.

calciné, -e, calcined.

calepin, *m.*, note-book.

calme, calm.

camarade, *m.*, comrade, classmate.

camaraderie, *f.*, companionship, friendly intercourse.

cambré, -e, cambered, arched; waspish.

camélia, *m.*, camellia.

campagne, *f.*, country.

campement, *m.*, encampment, camp.

camper, to camp, encamp.

canard, *m.*, duck.

candidat, *m.*, candidate.

canon, *m.*, cannon, gun; — de fusil, barrel.

canton, *m*, district; curé de —, dean.

cantonnement, *m.*, cantonment, quarters.

cantonner, to canton.

capitaine, *m.*, captain.

capitale, *f.*, capital.

caporal, *m.*, corporal.

caprice, *m.*, whim.

car, for, because.

caresser, to caress, flatter.

carré, *m.*, square.

carreau, *m.*, square.

carrelé, -e, floor-tiled.

carrelet, *m.*, square fishing-net.

carrière, *f.*, career, profession.

carrossable, practicable, passable for vehicles.

carte, *f.*, card.

cartouche, *f.*, cartridge.

cas, *m.*, case.

casemate, *f.*, casemate, (*building for quartering troops*).

caserne, *f.*, barracks, barrack's life.

casque, *m.*, helmet.

cause, *f.*, cause; à — de, on account of, because of.

causer, to cause, give; talk, chat.

cavalier, *m.*, cavalry man; simple —, private soldier.

caverne, *f.*, cave.

ce, cet, cette, *adj.*, this, that.

ce, *pron.*, this, that; he, she, it; — qui, — que, what.

ceci, this.

céder, to yield, give way, give up.

ceinture, *f.*, belt.

cela, that, it.

célébrer, to celebrate.

celui, celle, ceux, celles, the one, that, these, those; he, she, him, her, they, them; —-ci, this one, the latter; —-là, that one, the former.

cendre, *f.*, ash.

Cenis, *m.*, Cenis (*an Alpine mountain*).

cent, *m.*, hundred.

centaine, *f.*, about a hundred.

cependant, however, yet; meanwhile.

cerceau, *m.*, hoop.

cercle, *m.*, circle.

cercueil, *m.*, coffin.

cerf, *m.*, stag.

cerise, *f.*, cherry.

certain, -e, sure.

certifier, to certify.

certitude, *f.*, certainty.

cesse, *f.*, ceasing; sans —, incessantly.

cesser, to cease, stop.

ceux, *see* celui.

chacun, –e, each, each one, every one.

chagrin, *m.*, sorrow, grief, trouble.

chagriner, to grieve.

chaîne, *f.*, chain, warp.

chaise, *f.*, chair, seat.

châle, *m.*, shawl.

chalet, *m.*, cottage.

chaleur, *f.*, heat.

chambre, *f.*, chamber, room.

chambrée, *f.*, sleeping room (in barracks); roommates.

chamois, *m.*, shammy, Alpine goat.

champ, *m.*, field; — de manœuvre, drill *or* parade ground.

champignon, *m.*, mushroom; stand.

chance, *f.*, chance, luck.

chandelle, *f.*, candle; à la —, by candle light.

changer, to change; reform; — de . . . , put on another. . . .

chanson, *f.*, song.

chantant, –e, drawling.

chanter, to sing; crow; creak.

chantre, *m.*, chanter, choir boy.

chapeau, *m.*, hat.

chapitre, *m.*, chapter, council of a bishop.

chaque, each, every.

charbonnière (mésange), *f.*, titmouse.

chardonneret, *m.*, goldfinch.

charge, *f.*, charge, office.

charger, to charge, load, intrust.

charme, *m.*, yoke-elm.

charpente, *f.*, framework.

charrette, *f.*, cart.

charrue, *f.*, plough.

chasse, *f.*, hunt, hunting.

chasseur, *m.*, hunter.

châssis, *m.*, frame.

châtaignier, *m.*, chestnut-tree.

chatoyer, to glisten.

chaud, –e, warm, hot.

chauffer, to heat, warm.

chaume, *m.*, stubble, stubble-field; straw; thatch.

chaussée, *f.*, causeway, road.

chef, *m.*, chief, superior.

chef-lieu, *m.*, chief town.

chemin, *m.*, way, road; — de fer, railroad.

cheminée, *f.*, chimney, mantel-piece.

chemise, *f.*, shirt.

chêne, *m.*, oak.

cher, chère, dear.

cher, *adv.*, dear, a great deal.

chercher, to seek, search for, look for; se —, look for each other.

chéri, –e, cherished, dearest, darling.

chéti-f, –ve, wretched, puny.

cheval, *m.*, horse; à —, on horseback.

chevelure, *f.*, hair.

cheveu, *m.*, hair.

chevron, *m.*, rafter.

chez, at *or* in *or* to the house of; within; — soi (eux), at one's (their) house, room; home.

chien, *m.*, dog, hound; temps de —, very bad weather.

chœur, *m.*, chorus.

choisir, to choose, select.

choix, *m.*, choice.

chose, *f.*, thing, affair.

chute, *f.*, fall.

cicatrice, *f.*, scar.

cidre, *m.*, cider.

ciel, *m.*, heaven, sky.

cieux, *plural of* ciel.

cil, *m.*, eyelash.

cime, *f.*, top, summit.

cimetière, *m.*, cemetery.

cinq, five.

cinquantaine, *f.*, about fifty.

cinquième, fifth.

circonstance, *f.*, circumstance, occasion.

ciré, -e, waxed; toile —e, oil-cloth.

citer, to cite, summon.

civière, *f.*, litter, stretcher.

clair, -e, clear, bright.

clair, *m.*, clearness, transparency.

clairement, clearly, plainly.

clairière, *f.*, clearing, glade.

clairon, *m.*, clarion, bugle; bugler.

clairsemé, -e, thinly scattered.

clameur, *f.*, clamor, outcry.

claquer, to flap up and down.

clarté, *f.*, clearness, brightness, transparency.

classe, *f.*, classroom.

classer, to classify.

clef (*pron.: klé*), *f.*, key.

clerc, *m.*, clerk; clergyman, priest.   [tient.

client, *m.*, client, customer, pa-

clientèle, *f.*, custom, practice; customers.

cligner, to wink.

cloche, *f.*, bell.

clocher, *m.*, steeple.

cloison, *f.*, partition.

clos, -e, closed.

clôture, *f.*, enclosure, fence.

clou, *m.*, nail.

coasser, to croak.

cocarde, *f.*, cockade.

cœur, *m.*, heart.

coffre, *m.*, coffer, chest, box.

coiffe, *f.*, head-dress; lining.

coiffé, -e, wearing; covered.

coiffer, to cap, surmount.

coin, *m.*, corner, nook.

col, *m.*, collar; pass, defile; faux-—, collar.

colère, *f.*, anger, rage.

colis, *m.*, parcel.

collé, -e, glued; sticking fast; very close to.

collègue, *m.*, colleague, fellow member.

collet, *m.*, collar; saisir au —, to seize by the throat.

colline, *f.*, hill.

colombage, *m.*, row of beams; en —, timbered and plastered.

colonne, *f.*, column.

colporteur, *m.*, peddler.

combattre, to fight.

combien, how much, how many; how.

combles, *m. pl.*, frame of the roof; sous les —, in the attic.

commandant, *m.*, commander.

commande, *f.*, order.

commandement, *m.*, command, order.

commander, to command, order.

comme, as, like, as if; how; — si, as if; — ça, such.

commencement, *m.*, beginning.

commencer, to begin.

comment, how; — ! what!

commission, *f.*, committee, board.

commune, *f.*, township, parish.

communion, *f.*, communion; faire sa première —, to partake of the communion for the first time.

compagne, *f.*, companion.

compagnie, *f.*, company.

compagnon, *m.*, companion.

compartiment, *m.*, compartment, division.

complaisamment, obligingly, with complacency, lengthily.

complaisance, *f.*, kindliness.

compl-et, -ète, complete; au —, whole.

complice, *m. and f.*, accomplice.

compliqué, -e, complicated.

composer, to compose, form.

comprendre, to understand.

compris, -e, *see* comprendre.

compte, *m.*, account; se rendre —, to realize.

compter, to count, number, mention.

concerner, to concern, relate to.

concerté, -e, preconcerted.

concitoyen, *m.*, fellow-citizen.

concluant, -e, conclusive, to the point.

conclure, to conclude.

concurrent, *m.*, competitor.

conduire, to lead, take.

confiance, *f.*, confidence, trust; avoir —, to believe.

confidence, *f.*, secret.

confier, to confide, intrust, commit to the care of.

conflit, *m.*, conflict, clash.

conformément à, in accordance with.

confus, -e, confused, abashed.

connaissance, *f.*, knowledge, acquaintance, consciousness; avoir — de, to know.

connaître, to know, be acquainted with; se — en *or* s'y —, be a good judge of, be an expert in.

conquérir, to conquer, capture.

conquis, -e, *see* conquérir.

conscience, *f.*, conscience; avoir —, to be conscious.

conscription, *f.*, enrolment, drafting.

conscrit, *m.*, conscript, recruit.

conseil, *m.*, counsel, advice; council.

conseiller, *m.*, councillor, adviser.

conséquence, *f.*, consequence, result.

conséquent, -e, consequent; par —, consequently.

conserver, to preserve, keep, leave.

considérer, to consider, look at.

constamment, constantly.

constater, to state; establish.

construire, to build; se —, build for oneself.

consulter, to consult.

contempler, to contemplate, watch. [glad.

content, -e, pleased, satisfied,

contenter (se), to content oneself, be satisfied.

continu, -e, continuous.

continuer, to continue.

contraire, contrary, opposite; au —, on the contrary.

contrariété, *f.*, annoyance, vexation.

contre, against.

contrée, *f.*, country, region.

convaincu, -e, convinced.

convenable, proper, expedient.

convenir, to suit, please.

conviendrais, *see* convenir.

copier, to copy.

coq, *m.*, rooster.

coquelicot, *m.*, wild poppy.

corbeau, *m.*, crow.

cordée, *f.*, fishing-line.

cornette, *f.*, headdress.

corps, *m.*, body; part.

correspondance, *f.*, mail.

corriger, to correct, rectify, cure; se —, reform.

corsage, *m.*, bodice, waist.

cortège, *m.*, procession.

corvée, *f.*, extra duty, unpleasant task.

cosaque, *m.*, Cossack.

côte, *f.*, rib; — à —, side by side.

côté, *m.*, side, way, direction; à —, near by, next; à — de, by the side of; de —, aside; askance; du — de, in the direction of; de ce —, in that direction; d'un —, on one side; de l'autre, on the other side.

coteau, *m.*, hillock.
cotillon, *m.*, petticoat.
cou, *m.*, neck.
couche, *f.*, layer.
couché, -e, lying, reclining.
coucher, to lay down; se —, lie down, go to bed.
coude, *m.*, elbow.
coudée, *f.*, cubit; d'une —, one cubit high.
coudre, to sew.
coudrier, *m.*, hazel, hazel-tree.
couler, to flow, run down, trickle down.
couleur, *f.*, color, character.
couleuvre, *f.*, adder.
couloir, *m.*, corridor, hall; gully, deep gorge.
coup, *m.*, blow, stroke; boire un —, to have a drink; — d'épaule, move, jerk of the shoulder; — de feu, shot; — d'œil, glance; — de rhum, sip of rum; — de tête, rash act; à — sûr, to a certainty; tout à —, all at once, all of a sudden.
coupe, *f.*, cut, style.
couper, to cut, cut off, mow, blow off; trouble.
coupure, *f.*, cut.
cour, *f.*, court, courtyard.
courant, *m.*, stream.
courbé, -e, bent.
courber (se), to bend down, stoop.
courir, to run, run about, be spread, circulate; le bruit courut, it was rumored.
couronne, *f.*, crown, wreath.
course, *f.*, excursion, jaunt.
court, -e, short.
court, *see* courir.
courtaud, -e, dumpy.
courtoisie, *f.*, courteousness.
cousu, -e, *see* coudre.
couteau, *m.*, knife.

coûter, to cost; en —, cost, be painful.
coutume, *f.*, custom; de —, usually.
couture, *f.*, needlework, sewing; ouvrière de la —, dressmaker.
couturé, -e, seamed, scarred.
couturière, *f.*, dressmaker.
couvée, *f.*, covey, brood.
couvert, -e, *see* couvrir.
couveuse, *f.*, brooding bird.
couvre-feu, *m.*, curfew.
couvrir, to cover; clot.
craignant, *see* craindre.
craindre, to fear.
crainte, *f.*, fear.
crâne, *m.*, skull.
crâne, bold, plucky, jaunty.
craquement, *m.*, cracking, creaking.
craquer, to crack, creak, snap.
crépuscule, *m.*, twilight.
cresson, *m.*, watercress.
crête, *f.*, crest, top, summit, ridge.
creux, *m.*, hollow, palm; bottom; hole.
creu-x, -se, deep, hollow, sunken.
crever, to tear, rend; pierce, appear.
cri, *m.*, cry.
cribler, to riddle.
crier, to cry, cry out, yell; crackle, snap.
crin, *m.*, horsehair.
crinière, *f.*, mane.
croire, to believe, think, deem; — à, believe in.
croiser, to cross, fold; se —, meet, cross, clash, pass, be exchanged.
crosse, *f.*, butt-end.
croupe, *f.*, crupper; en —, behind me.
cru, *see* croire.
cruellement, cruelly, painfully.

crurent, crus, crut, *see* croire.
cueillir, to pick.
cuir, *m.*, leather.
cuire, to cook; dry.
cuisine, *f.*, cooking.
cuisse, *f.*, thigh, hip.
cuivre, *m.*, copper.
culbute, *f.*, somersault.
cultiver, to cultivate.
curati–f, –ve, curative, healing.
cure, *f.*, parsonage.
curé, *m.*, curate, priest; — de canton, dean.
curiosité, *f.*, curiosity.
cygne, *m.*, swan.

D

dangereu–x, –se, dangerous.
dans, in, into.
danser, to dance; twinkle.
danseur, *m.*, dancer, dancing master.
de, of, from, with, by, for; plus — (*followed by a number*), more than.
débander (se), to disband.
débile, weak, feeble.
débiteur, *m.*, debtor.
déboucher, to issue; meet.
déboulé, *m.*, start (from a burrow).
debout, up, upright, standing.
déboutonner, to unbutton.
débris, *m. pl.*, ruins, remains, fragments.
débrouillard, –e, resourceful.
début, *m.*, beginning, outset.
décès, *m.*, death.
déchirure, *f.*, rent, breach, opening.
décidé, –e, determined.
décidément, decidedly, really, indeed.
décider, to decide.
déclarer, to declare, state.

décliner, to decline, decay; fail; slope.
décorer, to decorate, adorn.
découper, to cut out.
découragement, *m.*, discouragement, depression.
découvert, –e, *see* découvrir.
découvrir, to discover, uncover, find out, lay bare, show, notice, perceive.
décrocher, to unhook, take down.
défendre, to forbid; se —, defend oneself.
défense, *f.*, warning, order.
déférence, *f.*, deference, regard.
défiance, *f.*, diffidence, distrust.
défilé, *m.*, defile, narrow pass.
défiler, to defile.
défleuri, –e, stripped of their flowers.
défoncé, –e, crushed.
défunt, –e, defunct, deceased.
dégager, to disengage; se —, free oneself.
dégoûtant, –e, disgusting.
dehors, *adv.*, outside; au —, out, outside; en — de, out of, outside of.
dehors, *m.*, outside.
déjà, already.
déjeuner, to breakfast, take lunch.
delà, beyond; au — (de), beyond.
délibérer, to deliberate.
délicieu–x, –se, delicious, delightful.
délire, *m.*, delirium.
demain, to-morrow.
demande, *f.*, request.
demander, to ask, ask for, require.
démarche, *f.*, step, proceeding.
démêler, to disentangle, unravel.
démesurément, excessively, immoderately.

demeurer, to reside, live, remain.
demi, -e, half; — **-heure,** half an hour; — **-lieue,** half a league; **à** —, half; **à** — **-voix,** in a whisper, whispering.
demie, f., half hour.
démission, f., resignation; **donner sa** —, to resign.
demoiselle, f., young lady; dragon-fly.
démolir, to demolish, pull down.
dénicheur, m., (nest) hunter.
dénombrer, to number.
dénouer, to untie, undo.
dent, f., tooth.
denteler, to indent, fringe.
dentellière, f., lace-maker.
départ, m., departure; start (from a burrow).
département, m., department (*one of the 86 territorial divisions of France*).
dépasser, to pass, go beyond, exceed; be higher, taller than.
dépêcher (se), to hasten.
dépendre, to depend; come.
dépense, f., expense.
dépenser, to spend, use.
déplorer, to deplore, lament.
déployer, to unfold, display.
déposer, to lay down.
depuis, since, for, from; — **lors,** since that time.
déraisonner, to be delirious, rave; talk nonsense.
déranger (se), to disturb oneself.
dérider, *or* **se** —, to relax, unbend oneself.
derni-er, -ère, last.
derrière, behind.
dès, from, since; — **que,** as soon as; — **le . . . ,** from the very . . .
désagréable, disagreeable, unpleasant.
désarmer, to disarm; relent, cause to relent.

désaveu, m., disavowal, denial.
desceller, to unbed, loosen.
descendre, to descend, go down.
descente, f., descent.
désensorceler, to unbewitch, throw the spell off.
désert, -e, desert, unfrequented.
désigner, to indicate, point out; appoint, choose.
désolation, f., sadness.
désolé, -e, afflicted, distressed, very sorry.
desserrer, to loosen, open; force open, unlock.
desservant, m., priest.
dessiner (se), to project, stand out.
dessus; au- —, over, above
dessous, *adv.,* beneath.
dessous, m., lining, inside.
destinée, f., destiny, fate.
détachement, m., detachment.
détacher, to detach, unfasten; untie; **se** —, stand out in relief.
détail, m., detail, particular.
dételer, to unharness.
détente, f., trigger.
détesté, -e, detested, disliked.
détonation, f., explosion, report (*of firearms*).
détour, m., turn, bend; **faire un** — **d'une demi-lieue,** to take a circuitous road, longer by half a league.
détourner, to turn away; **se** —, turn around, turn aside, turn away one's head; step aside; **se** — **de sa route,** take another road.
détrempé, -e, soaked, washed out.
détruire, to destroy, kill.
dette, f., debt.
deuil, m., mourning, sorrow.
deux, two; **les** —, both.
deuxième, second.

dévaler, to go down, come down.

dévaliseur, *m.*, plunderer.

devancer, to get ahead of, beat, outdo, outrun.

devant, before, in the presence of; in front of it.

développer, to develop, unfold, open.

devenir, to become.

deviner, to guess.

devint, *see* devenir.

dévisager, to stare at.

devise, *f.*, motto.

devoir, to owe; be obliged, must, have to, be to.

diable, *m.*, devil; un pauvre —, a poor fellow.

diagonale, *f.*, diagonal; en —, diagonally.

dialecte, *m.*, dialect.

dicter, to dictate.

Dieu, *m.*, God.

digérer, to digest.

digne, worthy; dignified.

dignité, *f.*, dignity.

dimanche, *m.*, Sunday.

diminuer, to diminish, decline.

dinde, *f.*, turkey-hen.

dindon, *m.*, turkey.

dîner, *m.*, dinner.

dire, to say, tell; call for; bespeak; se —, say to oneself; give oneself out as; c'est-à- —, that is to say.

directeur, *m.*, director.

diriger, to direct, conduct.

discours, *m.*, speech.

discr-et, -ète, discreet, cautious.

discrètement, discreetly.

discuter, to discuss.

disparaître, to disappear.

disparu, -e, missing *or* dead person; *see also* disparaître.

disperser, to scatter.

disposer, to arrange.

dispute, *f.*, quarrel.

disputer (se), to dispute, contend; vie with each other.

dissiper (se), to be dissipated, pass away; scatter.

distinguer, to distinguish; see; recognize; se —, distinguish oneself.

distrait, -e, inattentive, absentminded.

distribuer, to distribute, give away.

distributeur, *m.*, distributor, dispenser.

dix, ten.

docteur, *m.*, doctor, physician.

doigt, *m.*, finger.

doit, *see* devoir.

domaine, *m.*, domain, estate, property.

dominer, to dominate, overlook, rise above.

donc, then, therefore; now, pray.

donner, to give; se — une attitude, strike an attitude.

dont, whose, of whom, of which, from whom, from which.

doré, -e, gilt, golden.

dormir, to sleep; linger.

dort, *see* dormir.

dos, *m.*, back; en — d'âne, shelving.

dot, *f.*, dowry.

doubler, to double; upholster.

doublure, *f.*, lining.

doucement, gently, sweetly.

douceur, *f.*, gentleness.

douleur, *f.*, pain, grief.

douloureusement, painfully, sadly.

douloureu-x, -se, sorrowful, painful.

doute, *m.*, doubt; sans —, undoubtedly.

douter, to doubt; se —, suspect.

dou-x, -ce, sweet, gentle, mild, pleasant.

douze, twelve.

doyen, *m.*, dean.

drame, *m.*, drama; something dramatic, exciting.

drap, *m.*, cloth, sheet.

drapeau, *m.*, flag.

dressé, –e, set up, rising.

dresser (se), to stand erect.

droit, *m.*, right; avoir — à, to be entitled to.

droit, –e, right, straight.

droit, *adv.*, straight.

droite, *f.*, right, right side; à —, to *or* on the right.

drôle, droll, queer, funny.

dru, –e, close set, thick; full-fledged.

dune, *f.*, hillock of sand.

dur, –e, hard, harsh, severe; hard of hearing; — de figure, with hard features; — au mal, proof against pain, tough.

dur, *adv.*, hard, vigorously.

durant, for.

durer, to endure, last.

dut, *see* devoir.

duvet, *m.*, down.

dynastie, *f.*, dynasty, family.

E

eau, *f.*, water.

éboulement, *m.*, landslide.

ébouler *or* s'—, to fall down.

ébranler, to shake.

écaille, *f.*, scale.

écart, *m.*, step aside; rester à l'—, to stand aside.

écarté, –e, remote, out of the way; parted.

écarter, to remove, set aside, push aside, open; s'—, make way; s'— d'un bond, jump aside.

échanger, to exchange.

échapper, to escape; s'—, drop, fall out.

écharpe, *f.*, scarf; en —, girt with his official scarf.

échelle, *f.*, ladder.

échoir, to fall to the lot of.

échu, –e, *see* échoir.

éclair, *m.*, lightning; flash, gleam.

éclat, *m.*, fragment, piece, bursting, burst; loud tone.

éclatant, –e, shining, bright.

éclater, to break out, burst forth.

éclosion, *f.*, hatching.

écoulement, *m.*, flow, draining.

écouler (s'), to flow away, pass away, elapse.

écouter, to listen to.

écran, *m.*, screen.

écrier (s'), to cry out, exclaim.

écrire, to write, write down.

écriture, *f.*, writing, handwriting.

écumer, to foam.

écurie, *f.*, stable.

édifice, *m.*, building, structure.

édredon, *m.*, eiderdown, coverlet.

effacer, to efface, wipe away; throw back; s'—, disappear, vanish, stand aside.

effarer, to scare.

effet, *m.*, effect; en —, in fact, indeed.

efficacité, *f.*, efficacy.

effleurer, to touch slightly, slide along; — du regard, cast a rapid glance.

effort, *m.*, effort, exertion.

effrayer, to frighten, scare.

égal, –e, equal, even; alike.

égaré, –e, haggard.

égayer, to cheer.

église, *f.*, church.

égratigner, to scratch.

Égypte, *f.*, Egypt.

eh, ah! oh! well! — bien! well!

élan, *m.*, spring, impetus.

élargir, to widen; s'—, widen, extend.

élégiaque, *m.*, a person with an elegiac turn of mind.

élevé, –e, high, tall.

élever, to raise, bring up, rear, breed up; s'—, rise, arise.

éloge, *m.*, eulogy, praise.

éloigné, –e, distant.

éloigner, to remove; s'—, go away.

élue, *f.*, elect; legatee.

embarras, *m.*, trouble.

embaumer, to embalm.

embrasser, to embrace, kiss.

embrouiller (s'), to get confused, become dim.

émerveiller (s'), to wonder, be amazed.

emmener, to take, take away, carry away, drive.

émouvoir, to move.

empaqueter, to pack up.

empereur, *m.*, emperor.

emplir, to fill; s'—, fill, be filled.

emploi, *m.*, use.

employer, to employ, use.

emplumé, –e, fledged.

emporter, to carry away, take away, take along.

empourprer (s'), to turn purple, flush.

ému, –e, moved, excited, agitated.

en, *prep.*, in, into, on, for; while, by; like, as, in the shape of.

en, *pron.*, of *or* from *or* by him *or* her *or* it *or* them; some, any.

encadrement, *m.*, frame.

encadrer, to frame, surround.

encombrer, to obstruct.

encore, still, yet, again, more, once more; — un, another.

encre, *f.*, ink.

encrier, *m.*, inkstand.

endormir, to put to sleep; s'—, fall asleep.

endroit, *m.*, place, spot, part; par —s, here and there.

enfance, *f.*, infancy, childhood.

enfant, *m. and f.*, child; avoir l'air bon —, to look good natured.

enfariné, –e, befloured, covered with flour.

enfermer, to inclose, surround.

enfiler, to get into, put on.

enfin, at last, finally, in short.

enfler, to swell; s'—, swell, swell up, increase.

enfoncer, to sink, drive in; pull; outdo, beat; s'—, sink, disappear, penetrate.

enfouir, to bury.

enfuir (s'), to run away.

engager, to engage, entangle, compel; s'—, enlist.

enguirlander, to adorn with a garland.

enlacer, to entwine, clasp.

enlaidi, –e, having become ugly.

enlever, to carry away, take away, take out, take off, remove.

ennemi, *m.*, enemy, foe.

ennemi, –e, hostile, of the enemy.

ennuyer (s'), to be weary, be bored, grow tired, have a tedious time of it.

énorme, enormous, huge.

enrichir, to enrich; s'—, get rich.

enrouler (s'), to twine.

enseigner, to teach; s'—, be taught.

ensemble, together.

ensemencer, to sow.

ensevelir, to bury.

ensuite, afterwards.

entamer, to encroach on.

entasser, to heap up.

entendre, to hear; — parler de, hear of; n'y — rien, not to know one's business, be a very poor judge in the matter.

enterrement, *m.*, burial, funeral.

enti-er, -ère, entire, whole.

entourer, to surround; n'être pas entouré, -e, have no company.

entrain, *m.*, ardor, spirit.

entraîner, to bring on, involve.

entre, between, among.

entrée, *f.*, entrance, entry, arrival.

entreprendre, to undertake.

entrer, to enter, go in.

entrevoir, to catch a glimpse.

entrevue, *f.*, interview.

entr'ouvert, -e, half-open, ajar.

entr'ouvrir, to open a little, half-open.

enveloppe, *f.*, cover, wrapper.

envelopper, to envelop, wrap up, inclose, surround.

enverrai, *see* envoyer.

envers, towards, to.

envie, *f.*, envy; avoir —, to have a mind.

envier, to envy.

environ, about.

envolée, *f.*, flight.

envoler (s'), to fly away.

envoyer, to send.

épais, -se, thick, coarse.

épaisseur, *f.*, thickness.

épaissir (s'), to thicken, get thick.

épanouir, to brighten up, gladden; s'—, expand.

épanouissement, *m.*, expansion.

épargner, to spare, save.

épars, -e, scattered.

épaule, *f.*, shoulder.

épée, *f.*, sword.

épeler, to spell out, read with difficulty.

éperdument, distractedly, to distraction.

épi, *m.*, ear of corn.

épine, *f.*, thorn.

épineu-x, -se, thorny.

épingle, *f.*, pin.

épître, *f.*, letter.

époque, *f.*, epoch, time.

épouse, *f.*, wife.

épouser, to marry, wed.

éprouver, to feel, experience.

épuiser, to exhaust.

éraflure, *f.*, slight scratch.

erreur, *f.*, error, mistake.

escalier, *m.*, staircase.

escouade, *f.*, squad.

espace, *m.*, space, time.

espacé, -e, scattered.

espacer (s'), to occur at longer intervals.

Espagne, *f.*, Spain.

espèce, *f.*, species, kind.

espérer, to hope.

espoir, *m.*, hope.

esprit, *m.*, mind; intelligence; judgment; sense.

essayer, to try.

essayeuse, *f.*, fitter.

essor, *m.*, flight.

essuyer, to wipe.

estimer, to estimate, esteem.

et, and.

étable, *f.*, stable; — à pourceaux, pigsty.

établir, to establish, settle, build.

étage, *m.*, story, flight of stairs.

étagère, *f.*, stand, shelf.

étaler, to display; spread; lay down; expose to view.

étang, *m.*, pond.

étape, *f.*, stage, day's march.

état, *m.*, state, condition.

étau, *m.*, vise.

été, *m.*, summer.

été, *see* être.

étendre, to stretch; s'—, stretch oneself out; extend, spread.

étendu, -e, extensive; stretched, lying down.

étoffe, *f.*, stuff, cloth.

étoile, *f.*, star.

étonnant, -e, astonishing.

étonné, -e, astonished, surprised.

étonnement, *m.*, astonishment, surprise.

étonner, to astonish, amaze; s'—, be astonished, be surprised, wonder.

étouffer, to stifle, choke.

étourdi, -e, dizzy.

étourdissement, *m.*, fainting fit.

étrange, strange, odd.

étrang-er, -ère, foreign.

être, to be, exist.

être, *m.*, being, creature.

étreindre, to choke.

étroit, -e, narrow; close.

étude, *f.*, office.

étudiant, *m.*, student.

étudier, to study.

eux, they, them, as for them ; — -mêmes, themselves; chez —, at home.

évader (s'), to get away, slip away, escape.

évanoui, -e, in a swoon.

évanouir (s'), to vanish; s'— en poussière, crumble.

évanouissement, *m.*, fainting-fit.

évasé, -e, widening gradually.

évêché, *m.*, bishopric, diocese; bishop's mansion.

éveillé, -e, awake; non —, sleepy.

éveiller, to awake, awaken.

événement, *m.*, event.

évêque, *m.*, bishop.

évidemment, of course.

éviter, to avoid.

évoquer, to evoke, call up.

examiner, to examine.

exaspérer, to exasperate.

excès, *m.*, excess.

exciter, to excite, rouse.

exclusivement, exclusively.

excuser, to excuse; s'— de, apologize for.

exécuter, to execute.

exemple, *m.*, example.

exercice, *m.*, exercise, drill.

exigeant, -e, exacting.

expédier, to dispatch, send.

explication, *f.*, explanation.

expliquer, to explain; s'—, account for.

extraordinaire, extraordinary, unusual.

extrêmement, extremely.

extrémité, *f.*, extremity, end.

F

fabriquer, to make.

façade, *f.*, front, frontage.

face, *f.*, face; en —, in front; opposite.

facile, easy.

façon, *f.*, way.

facteur, *m.*, letter-carrier.

faculté, *f.*, faculty, power.

faible, feeble, weak.

faiblement, feebly, weakly.

faiblir, to fall, abate, weaken.

faillir, to be near, come near; fail, faint.

faim, *f.*, hunger; avoir —, to be hungry.

faire, to do, make, cause, say, answer; be (*weather*); — l'affaire, suit; — noir, grow dark; — venir, send for; se —, become; se — à, become accustomed to.

faisceau, *m.*, stack of arms.

fait, *n.*, fact, occurrence.

falaise, *f.*, cliff.

falloir, to be necessary, must, require, want, take; il nous faut ..., we must have; qu'est-ce qu'il te faut ? what do you want ?

famille, *f.*, family.

faner, to make hay.

fanfare, *f.*, music, humming.

fanfaronnade, *f.*, bragging.

fantaisie, *f.*, fancy.

farine, *f.*, flour.
farouche, wild, dismal.
fatigant, –e, difficult.
fatigue, *f.*, fatigue, weariness.
fatigué, –e, tired.
faubourg, *m.*, suburb.
faucher, to mow, cut.
faudrait, *see* falloir.
faufiler (se), to slip, skip.
faut, *see* falloir.
faute, *f.*, fault; — de, for want of.
fauteuil, *m.*, armchair.
fauvette, *f.*, warbler.
fau–x, –sse, false.
faux-col, *m.*, collar.
favori, *m.*, whisker.
féminin, –e, feminine.
femme, *f.*, woman; wife.
fenaison, *f.*, hay making.
fendre, to cleave, split; se —, break.
fenêtre, *f.*, window.
fente, *f.*, slit, gap, vacant space.
fer, *m.*, iron; en — de lance, in the shape of a spear; pointed; chemin de —, railroad.
ferai, *see* faire.
ferme, *f.*, farm, farm-house.
ferme, firm, steady.
fermement, firmly, strongly.
fermer, to shut, close.
fête, *f.*, feast, festival; one's patron saint's day.
feu, *m.*, fire, light.
feuille, *f.*, leaf; sheet.
feuillu, –e, leafy.
feutre, *m.*, felt.
fi–er, –ère, proud.
fièrement, proudly.
fièvre, *f.*, fever.
figure, *f.*, figure, face, appearance.
figurer (se), to imagine.
figurine, *f.*, little figure.
fil, *m.*, thread, yarn; —s d'a-ragne, cobweb.

filer, to spin; go off.
filet, *m.*, fishing net.
fille, *f.*, girl, daughter, maid.
fillette, *f.*, little *or* young girl.
fils, *m.*, son.
fin, *f.*, end.
fin, –e, fine, slender, thin, little, small; pluie —e, drizzle.
finir, to finish, end; c'est fini, it is all over.
firent, fis, fit, *see* faire.
fixé, –e, fixed, steady.
fixer, to fix.
flacon, *m.*, bottle.
flageoler, to stagger.
flairer, to scent, smell, sniff.
flambée, *f.*, blaze.
flamber, to flame, blaze.
flamme, *f.*, flame, flash, fire; beam.
flanc, *m.*, flank, side.
flanquer, to flank.
flatter, to flatter, caress; — de la main, pat.
flèche, *f.*, arrow.
fléchir, to bend, weaken.
fleur, *f.*, flower, blossom.
fleurir, to adorn with flowers.
fleuve, *m.*, large river.
flocon, *m.*, flake.
flotter, to wave.
fluet, –te, slender.
foi, *f.*, faith; — de . . . ! upon my word!
foin, *m.*, hay; grass.
fois, *f.*, time; une —, once; à la —, at the same time.
folie, *f.*, folly, madness, foolish act.
folle, *see* fou.
foncé, –e, dark.
fonction, *f.*, duty, office.
fond, *m.*, bottom, depth, end, rear; au —, in reality.
fondre, to melt down, blend; se —, melt, dwindle away, blend, unite.

font, *see* faire.

force, *f.*, strength, might; à — de, by dint of; — lui fut, he was obliged.

forêt, *f.*, forest.

forme, *f.*, form, shape, figure.

former, to form.

formidable, tremendous.

formule, *f.*, set phrase.

fort, -e, strong, powerful, large; serious; thick; heavy.

fort, *adv.*, very, very much.

fort, *m.*, fort, stronghold.

fortin, *m.*, small fort.

fortuit, -e, fortuitous, casual.

fossé, *m.*, ditch, moat.

fou, fol, folle, foolish, crazy, mad, insane; dizzy, stupid; colère folle, towering passion; herbe folle, weed; fou rire, hysterical *or* uncontrollable fit of laughter.

fouetter, to crack one's whip.

fouiller, to search, feel.

foulard, *m.*, neckerchief.

foule, *f.*, crowd.

foulée, *f.*, slow step, hoof thud.

fouler, to tread.

fourche, *f.*, fork.

fourniture, *f.*, supply; —s de bureau, office stationery.

foyer, *m.*, hearth, fireplace.

frais, fraîche, fresh, cool.

frais, *m. pl.*, expenses, cost.

français, -e, French.

français, *m.*, French language.

Français, *m.*, Frenchman.

franchir, to jump over.

frapper, to strike, knock, tap; clap.

frasque, *f.*, trick, prank.

fraternel, -le, fraternal.

fraterniser, to act like brothers, act friendly.   [ling.

freluquet, *m.*, coxcomb, weak-frémir, to shudder, tremble, quiver.

frémissement, *m.*, shudder; quivering, trembling.

fréquenter, to frequent; use.

frère, *m.*, brother.

friche, *f.*, fallow.

frictionner, to rub.

frisé, -e, with curly hair.

frisson, *m.*, shudder, shiver, chill.

froid, *m.*, cold; avoir —, to be cold.

froid, -e, cold.

froidement, coldly.

froissement, *m.*, crumple, rumple.

froisser, to crumple; offend.

frôlement, *m.*, rustling.

froment, *m.*, wheat.

front, *m.*, forehead, brow, face; de —, abreast.

frontière, *f.*, frontier.

frotter, to rub.

fuir, to flee.

fuite, *f.*, flight.

fumant, -e, steaming, hot.

fumée, *f.*, smoke.

fumer, to smoke.

funèbre, funereal; cérémonie —, funeral.

fureter, to rummage.

furieu-x, -se, furious, enraged.

fusil, *m.*, gun.

fusilier, *m.*, fusileer.

futaine, *f.*, fustian.

G

gâchette, *f.*, tumbler.

gâcheur, *m.*, bungler.

gagner, to gain, earn, win, reach, make for; — le lit, go to bed.

gai, -e, gay, cheerful.

gaillard, -e, brisk, hearty, vigorous.

gaillard, *m.*, determined fellow.

galon, *m.*, stripe.

galop, *m.*, gallop; au —, at a gallop.

galòper, to gallop.

gamin, *m.*, boy, urchin.

ganté, –e, with one's gloves on.

garantir, to guarantee, assure.

garçon, *m.*, boy.

garde, *f.*, guard, duty; en —, on guard; prendre —, to take care; y prendre —, pay attention to it.

garde, *m.*, gamekeeper.

garder, to guard, keep, watch (over), preserve, tend; se —, beware.

gardeur, *m.*, keeper, herd.

garnir, to fill, stuff; se —, be covered; be provided.

garnison, *f.*, garrison.

garrot, *m.*, withers.

gars, *m.*, boy, lad, youth.

gâteau, *m.*, cake.

gâter, to spoil.

gauche, left.

gauche, *f.*, left, left side; à —, to *or* on the left.

gazouiller, to twitter, chirp.

geai, *m.*, jay.

géant, *m.*, giant.

gelée, *f.*, frost.

geler, to freeze.

gendre, *m.*, son-in-law.

gêner, to trouble, inconvenience.

genêt, *m.*, broom.

genêtière, *f.*, broom-land.

genou, *m.*, knee; à —x, on their knees.

gens, *m.* or *f.*, people, folk; bonnes —, my friends.

gentil, –le, nice.

gentiment, nicely, gracefully.

geste, *m.*, gesture.

gibier, *m.*, game.

gilet, *m.*, waistcoat.

glace, *f.*, ice.

glacé, –e, icy, cold, frozen.

glacial, –e, icy, cold.

glacis, *m.*, glacis, smooth slope.

glane, *f.*, gleaning.

glaneuse, *f.*, gleaner.

glisser, to slip; se —, slip, glide, creep.

gloire, *f.*, glory.

glousser, to cluck, gobble.

gonfler, to swell, distend; se —, swell.

gorgée, *f.*, draught, mouthful.

gouffre, *m.*, abyss.

goupillon, *m.*, holy water sprinkler.

gourde, *f.*, gourd, flask.

gourmand, *m.*, glutton.

goût, *m.*, taste.

goutte, *f.*, drop; gout.

gouttière, *f.*, gutter.

gouvernement, *m.*, government.

grâce, *f.*, grace; — à, thanks to, owing to.

gracieu–x, –se, graceful.

grade, *m.*, rank.

gradé, *m.*, non-commissioned officer.

grain, *m.*, grain, berry.

graine, *f.*, grain, seed.

grand, –e, great, large; tall; high; le — soleil, the hot sun.

grandir, to grow, grow up, increase.

grand'mère, *f.*, grandmother.

grand'peine (à), with great difficulty.

grand'père, *m.*, grandfather.

granit, *m.*, granite.

gras, –se, fat.

grassement, comfortably.

gravement, gravely.

gravir, to climb.

gravure, *f.*, engraving.

greffier, *m.*, clerk (of the court).

grêle, *f.*, hail.

grenier, *m.*, garret.

grenouille, *f.*, frog.

grillon, *m.*, cricket.

grimper, to climb.

gringalet, *m.*, weakling.

grippe, *f.*, whim; prendre en —, to take a dislike (to).

gris, –e, grey.

grisonnant, –e, getting gray.

grognard, *m.*, growler; nickname given to the old soldiers of the First Empire.

grommeler, to grumble.

gronder, to grumble, scold.

gros, –se, big, large, heavy; loud, coarse; wealthy, important.

groseille, *f.*, currant.

groupe, *m.*, group.

grouper (se), to gather, form into groups.

gué, *m.*, ford; passer à —, to ford.

guère, much; ne . . . —, hardly, scarcely, seldom.

guéridon, *m.*, small round table, stand.

guérir, to cure, recover; se —, get cured.

guérissable, which may be cured.

guerre, *f.*, war.

guêtre, *f.*, gaiter.

guetter, to watch for, await, wait for.

gueule, *f.*, mouth.

gueu–x, –se, very poor; beggar.

guidon, *m.*, guidon, field colors.

guignon, *m.*, bad luck.

guilleret, –te, brisk, merry.

guirlande, *f.*, garland, wreath.

guise, *f.*, manner; en — de, by way of.

H

habillement, *m.*, clothing.

habiller, to dress.

habit, *m.*, coat; *pl.*, clothes, uniform.

habitant, *m.*, inhabitant.

habiter, to inhabit, live in.

habitude, *f.*, habit, custom; comme à l'—, as usual; d'—, usually.

habituel, –le, usual, ordinary.

habituer, to accustom.

haie, *f.*, hedge.

haine, *f.*, hatred.

hâlé, –e, sunburnt.

haletant, –e, panting.

halte, *f.*, halt.

hameau, *m.*, hamlet.

hasard, *m.*, hazard; au —, at random.

hâte, *f.*, haste; en —, à la —, hastily.

hâter, to hasten, quicken; se —, hasten, make haste.

hâtivement, hastily.

hausser, to shrug, raise.

haut, –e, high, tall, lofty, haughty, loud, long.

haut, *m.*, top, height.

haut, *adv.*, high, highly; en —, upstairs, above.

hauteur, *f.*, height, top.

hélas (*sound the 's'*), alas!

hennir (*pron.: anɪr*), to neigh.

hennissement (*pron.: anissement*), *m.*, neighing.

herbe, *f.*, herb, grass, weed; — folle, weed.

herbu, –e, grassy, grass-grown.

hérisson, *m.*, hedgehog.

héritage, *m.*, inheritance.

héritier, *m.*, heir.

héroïque, heroic.

hésiter, to hesitate.

heure, *f.*, hour, o'clock, time; de bonne —, early; tout à l'—, just now, in a little while.

heureusement, happily, fortunately.

heureu–x, –se, happy, fortunate.

heurter, to hit, knock against; acier heurté, clanging steel.

histoire, *f.*, history, story, biography.

hiver, *m.*, winter.

hocher, to shake, waggle.

holà, holloa, halloo.

hommage, *m.*, homage, respect; rendre —, to pay homage.

homme, *m.*, man.

honnête, honest.

honnêtement, politely.

honneur, *m.*, honor; faire — à, to be a credit to.

honoraire, honorary, retired.

honorer, to honor, do honor.

hôpital, *m.*, hospital.

horreur, *f.*, horror, awe, fear.

hors de, outside of; — - service, unfit for use.

hôtel, *m.*, mansion.

hourra, *m.*, hurrah.

houssine, *f.*, switch.

huée, *f.*, hoot.

huile, *f.*, oil.

huissier, *m.*, sheriff's officer, bailiff.

huit, eight; — jours, a week.

huitaine, *f.*, about eight; dans la —, within the week.

humble, humble, poor, lowly.

humeur, *f.*, humor, temper, disposition.

humide, humid, damp, moist, wet.

hurler, to howl.

hutte, *f.*, hut.

hypocrite, hypocritical.

hypothèse, *f.*, hypothesis, supposition.

—

ici, here; d'—, from this place, hence, from now.

idée, *f.*, idea, thought, opinion.

idylle, *f.*, idyl.

ignorer, to be ignorant of, not to know.

île, *f.*, island.

illuminer (s'), to brighten.

image, *f.*, image, picture.

imaginer, to imagine, picture.

immaculé, –e, immaculate, spotless, untrodden.

immanquable, sure, infallible.

immédiatement, immediately.

immeuble, real; biens —s, real estate.

immobile, immovable, motionless.

impatient, –e, eager.

impatienté, –e, out of patience.

impatienter (s'), to lose patience, grow impatient.

impérieu-x, –se, imperious, haughty.

impiété, *f.*, impiety.

imposer (s'), to be indispensable.

impôt, *m.*, tax.

impraticable, impassable.

imprimer, to impress; print.

imprudent, –e, rash.

incapable, unable.

incendie, *m.*, fire, burning.

incliner (s'), to incline, stoop; be pointed.

incommode, inconvenient, uncomfortable.

inconcevable, inconceivable.

inconnu, –e, unknown.

inconsidéré, –e, inconsiderate.

incubation, *f.*, hatching.

indéfini, –e, unlimited, infinite.

indéfiniment, indefinitely, endlessly.

indien, –ne, Indian.

indigne, –e, indignant.

inédit, –e, new.

inégal, –e, uneven.

inerte, inert, lifeless.

inexpié, –e, unexpiated, unatoned.

infirmière, *f.*, nurse.
infliger, to inflict.
ingénier (s'), to set one's wits to work, contrive.
ingénieur, *m.*, engineer.
inimitié, *f.*, enmity.
ininterrompu, –e, uninterrupted, unbroken.
initiale, *f.*, initial.
injunction, *f.*, command.
injure, *f.*, insult.
inqui–et, –ète, uneasy, restless.
inquiétant, –e, disquieting, alarming.
inquiéter, to alarm.
inquiétude, *f.*, uneasiness, anxiety.
inscrire, to write down.
insister, to insist.
insolite, unusual.
insomnie, *f.*, insomnia, sleeplessness.
insouciant, –e, heedless, unmindful.
inspirer, to inspire.
installer (s'), to sit down.
instance, *f.*, entreaty.
insulter, to insult.
intéresser (s'), to be interested, take an interest.
intérêt, *m.*, interest.
intérieur, –e, interior, inside.
intérieur, *m.*, interior, inside.
interrogatoire, *m.*, examination.
interrompre, to interrupt, break off.
intervalle, *m.*, interval.
intimité, *f.*, intimacy.
inusité, –e, unusual.
inutile, useless.
inventer, to invent, imagine; play.
inviolé, –e, inviolate, intact.
irai, *see* aller.
irisé, –e, irised, variegated.
irrévocablement, irrevocably.
isolé, –e, isolated.

italien, –ne, Italian.
ivre, drunk, intoxicated.

J

jachère, *f.*, fallow land.
jadis (*sound the s*), formerly.
jalousie, *f.*, jealousy.
jamais, ever, never; ne —, never; à —, for ever.
jambe, *f.*, leg.
janvier, *m.*, January.
jardin, *m.*, garden.
jarret, *m.*, hamstring, thigh.
jaune, yellow.
Jeannette, *dimin. of Jeanne*, Jane.
jeter, to throw, cast, hurl, scatter, shoot; se —, rush.
jeune, young.
jeunesse, *f.*, youth.
joie, *f.*, joy.
joli, –e, pretty, nice.
joliment, nicely; heartily; quickly.
joue, *f.*, cheek.
jouer, to play; stake, risk.
jouir de, to enjoy.
jour, *m.*, day, daylight, daybreak; petit —, dawn.
journal, *m.*, journal, newspaper.
journée, *f.*, day; events of the day.
joyeu–x, –se, joyous, joyful, cheerful.
juger, to judge.
juin, *m.*, June.
jument, *f.*, mare.
jurer, to swear.
jusque, until; as far as, so far as; to; even; jusqu'à, until, as far as, to, up to, even to, so as to.
juste, just, right; tout —, just, nothing but.
justement, just, precisely.

justice, *f.*, justice; — de paix, court of the justice of peace.

K

kilomètre, *m.*, kilometer.

L

là, there; par —, that way, on that side.

là-bas, yonder, over there.

laborieu-x, –se, toilsome, hard.

labourer, to plough, till.

lac, *m.*, lake.

lâche, cowardly, mean.

là-dessus, thereupon, on that subject.

là-haut, up there.

laine, *f.*, wool; de —, woollen.

laïque, *m.*, layman.

laisser, to leave, let, allow.

lance, *f.*, spear; en fer de —, in the shape of a spear, pointed.

lancer, to throw, hurl, cast.

lancier, *m.*, lancer.

lande, *f.*, moor.

langage, *m.*, language.

lanterne, *f.*, lantern.

lapin, *m.*, rabbit.

lard, *m.*, bacon.

large, wide, broad.

larme, *f.*, tear.

las, –se, tired, weary.

lassé, –e, tired.

lassitude, *f.*, lassitude, fatigue, weariness.

laurier, *m.*, laurel.

lavande, *f.*, lavender.

lécher, to lick.

leçon, *f.*, lesson.

lecteur, *m.*, reader.

lecture, *f.*, reading.

légataire, *m. and f.*, legatee.

légendaire, legendary, well-known.

lég–er, –ère, light, slight.

légitime, legitimate, just.

legs (*pronounce: lè*), *m.*, legacy.

lendemain, *m.*, next day.

lent, –e, slow.

lenteur, *f.*, slowness.

lequel, laquelle, lesquels, lesquelles, who, which, whom, what.

leste, nimble, brisk.

lettre, *f.*, letter.

levé, –e, up, erect.

levée, *f.*, levy; raising; removal; flight, flutter.

lever, to raise, lift, straighten; remove, throw off; examine; se —, get up, rise, arise, spring up.

lever, *m.*, rise, rising. [*a slit*).

lèvre, *f.*, lip; opening, edge (*of*

liasse, *f.*, bundle; file.

liberté, *f.*, liberty, freedom; faculty.

libre, free; open, unobstructed.

librement, freely.

lichen, *m.* (*sound kenne*), lichen, tree moss.

licol, *m.*, halter.

lier, to bind; — connaissance, become acquainted with each other.

lierre, *m.*, ivy.

lieu, *m.*, place; au — de, instead of; avoir —, to take place; tenir — de, to stand in place of, replace.

lieue, *f.*, league.

lièvre, *m.*, hare.

ligne, *f.*, line; fishing line.

limite, *f.*, limit.

Limousin, –e, *an inhabitant of the old province of Limosin, the chief town of which is Limoges, about 242 miles S. S. W. of Paris.*

lin, *m.*, flax, linen.
linceul, *m.*, shroud.
linge, *m.*, linen.
linot, *m.*, linnet.
lire, to read.
lit, *m.*, bed.
livide, livid.
livraison, *f.*, delivery.
livrer, to deliver; give.
locataire, *m. and f.*, tenant.
loger, to live.
logis, *m.*, house, home.
loin, far; au —, far away; 'de —
  en —, at long intervals.
lointain, -e, distant.
lointain, *m.*, distance, distant
  horizon.
loisir, *m.*, leisure.
long, -ue, long; à la longue, in
  the end, in the long run.
long, *m.*, length; le — de, a-
  long.
longer, to go along, skirt.
longtemps, a long time, long;
  depuis —, for a long time.
longue, *see* long.
lorgner, to cast a glance at.
loriot, *m.*, oriole.
lors, then.
lorsque, when.
louis, *m.*, louis; un — d'or,
  *gold coin worth about 4 dol-
  lars.*
loup, *m.*, wolf.
lourd, -e, heavy.
loyer, *m.*, rent; tenant.
lu, *see* lire.
lucarne, *f.*, narrow window.
lueur, *f.*, glimmer, dim light.
lui, he, him, it, to him, to her;
  —-même, he himself, himself.
luire, to shine.
luisant, -e, shining.
luisant, *m.*, gloss.
lune, *f.*, moon.
lunettes, *f. pl.*, spectacles.

luron, *m.*, daring fellow.
lutter, to struggle.

M

maçonnerie, *f.*, masonry, stone-
  work.
madame, *f.*, Madam, Mrs.
mademoiselle, *f.*, Miss.
magistrat, *m.*, magistrate,
  justice.
mai, *m.*, May.
maigre, meagre, thin, lean.
maigreur, *f.*, leanness, thin-
  ness.
main, *f.*, hand.
maintenant, now.
maintenir, to sustain, keep,
  hold, restrain, preserve.
maire, *m.*, mayor.
mairie, *f.*, town-hall.
mais, but; — oui, why, yes.
maison, *f.*, house.
maître, *m.*, master, owner; Mr.
maîtresse, *f.*, mistress; Mrs.;
  — couturière, first-class dressmaker, forewoman in a dress-
  making establishment.
mal, *adv.*, badly, bad, amiss;
  with difficulty.
mal, *m.*, evil, harm; trouble,
  difficulty; disease; dire du —
  de, to speak ill of.
malade, *adj.*, ill, sick, sore.
malade, *m., f.*, sick person, sick
  child.
maladresse, *f.*, awkwardness.
malgré, in spite of.
malheur, *m.*, misfortune, unfor-
  tunate event; oiseau de —,
  wretched bird.
malheureusement, unhappily,
  unfortunately.
malheureu-x, -se, unhappy, un-
  fortunate.   [nence.
mamelon, *m.*, mound, hill, emi-

manceau, *adj.*, *of Le Mans, a city about 130 miles S. W. of Paris, chief town of the department de la Sarthe;* pays —, vicinity of Le Mans.

manche, *f.*, sleeve.

manger, to eat.

manière, *f.*, manner, way, style.

manivelle, *f.*, handle, crank.

manœuvre, *f.*, maneuver, drill.

manquer, to fail, lack, miss, need, be wanting, be . . . short.

mansarde, *f.*, garret.

mante, *f.*, cloak, overcoat.

manteau, *m.*, cloak.

mantelet, *m.*, short cloak.

marbre, *m.*, marble.

marchand, *m.*, merchant; hawker, peddler; horse dealer.

marchandise, *f.*, goods.

marche, *f.*, march, step, walking, ride; en —, on the march.

marché, *m.*, market.

marchef, *m.*, *abbreviation for* maréchal des logis chef, first sergeant (*cavalry*).

marcher, to march, walk, go; — bien (*affaires*), be good.

marcheur, *m.*, walker.

marécage, *m.*, marsh.

maréchal des logis, *m.*, sergeant (*cavalry*).

marge, *f.*, margin; shore.

marguerite, *f.*, daisy.

mari, *m.*, husband.

mariage, *m.*, marriage.

maroquin, *m.*, morocco leather.

marquer, to mark, indicate.

mars, *m.*, March.

marteau, *m.*, hammer; — de forge, sledge hammer.

martial, –e, martial, warlike.

martin-pêcheur, *m.*, king-fisher.

massacre, *m.*, slaughter.

massif, *m.*, clump, thicket.

matériaux, *m. pl.*, building material.

maternel, –le, maternal.

matin, *m.*, morning, daybreak.

maudit, –e, cursed, confounded.

mauvais, –e, bad, poor; cheap; unpleasant, disagreeable.

maux, *pl. of* mal.

mécanique, mechanical.

méchant, –e, wicked, bad, naughty.

mèche, *f.*, lock; tuft, bunch.

méconnaître, to fail to appreciate.

médaille, *f.*, medal.

médecin, *m.*, physician.

médicament, *m.*, medicine.

médiocrement, rather poorly.

méditer, to meditate.

méfiance, *f.*, distrust.

meilleur, –e, better, best.

mélancolique, melancholy, sad.

mêler, to mix, mingle; entangle; se —, mingle.

mélodrame, *m.*, melodrama.

melon, *m.*, muskmelon.

membre, *m.*, member.

même, *adj.*, same, self, very; le — jour, the same day; le jour —, the very day.

même, *adv.*, even; de —, likewise; tout de —, just the same, after all.

menacer, to menace, threaten.

mendiant, –e, *m.*, *f.*, mendicant, beggar.

mener, to lead, take.

menthe, *f.*, mint.

menu, –e, small, slight.

méprendre (se), to mistake, be mistaken.

méprît, *see* méprendre.

merci, *m.*, thanks.

mère, *f.*, mother.

merle, *m.*, blackbird.

merveille, *f.*, marvel; à —, very well.

mésange, *f.*, tomtit; — charbonnière, titmouse.

mésangeau, *m.*, young tomtit.

messager, *m.*, messenger.

messe, *f.*, mass; faire dire une —, to pay for a mass.

messieurs, *m. pl.*, gentlemen.

mesure, *f.*, measure; à — que, in proportion as; en —, in measure, in a systematic way, in rhythmic cadence.

métairie, *f.*, farm, farmhouse.

métallique, metallic.

métier, *m.*, profession, trade; loom; de son —, by trade.

mètre, *m.*, meter.

mettre, to put, put on, set; dress; — de côté, lay by; — le feu à, set on fire; se — à (*followed by an infinitive*), begin to; se — en marche, set out; se — en tête, take into one's head, think; bien mise, well dressed.

meuble, movable; biens —s, personal property.

meubler, to furnish.

meule, *f.*, mill stone.

meunier, *m.*, miller.

meunière, *f.*, miller's daughter.

meurtrier, *m.*, murderer.

meuvent, *see* mouvoir.

midi, *m.*, noon; south.

miel, *m.*, honey.

mien (le), la mienne, les miens, les miennes, mine.

mieux, better, best; de son —, as well as one can; faire de son —, to do one's best; faute de —, for lack of something better.

milieu, *m.*, middle, center, midst, surroundings.

militaire, military.

militaire, *m.*, soldier.

mille, thousand.

millier, *m.*, about a thousand.

mince, thin, little; narrow.

mine, *f.*, mine; look, appearance, countenance; faire — de, to pretend.

minuit, *m.*, midnight.

minuscule, very small, tiny.

mirent, *see* mettre.

mirer (se), to look at oneself.

mis, -e, *see* mettre.

misérable, *m.*, wretch.

misère, *f.*, misery, poverty, want.

mit, *see* mettre.

mobile, shifty.

mobilier, *m.*, furniture.

mode, *f.*, fashion; ouvrière de la —, milliner.

modèle, *m.*, model.

modestie, *f.*, modesty.

moellon, *m.*, ashlar, block of stone.

moindre, less, least.

moineau, *m.*, sparrow.

moins, less; least; except; à —, at *or* for less; au —, du —, pour le —, at least; n'en ... pas —, none the less.

mois, *m.*, month.

moisissure, *f.*, mould.

moisson, *f.*, harvest; fields.

moitié, *f.*, half; à —, half.

molle, *see* mou.

moment, *m.*, moment, time.

monde, *m.*, world; tout le —, everybody.

monseigneur, *m.* (*title given to a bishop*), His Grace.

monsieur, *m.*, Mr., sir, gentleman.

mont, *m.*, mount, mountain.

montagne, *f.*, mountain.

montée, *f.*, ascent.

monter, to mount, ascend, climb, go up, come up, get up, rise; raise, ride; be promoted; se —, amount, rise.

montrer, to show, point out; se —, show oneself, appear.

moraine, *f.*, moraine, heap of glacier debris.

moralement, morally.

morceau, *m.*, piece.
morne, dull, dreary, sinister.
morsure, *f.*, bite.
mort, –e, dead.
mort, *f.*, death; — violente, murder.
mortuaire, mortuary, of the deceased.
mot, *m.*, word, note.
motif, *m.*, motive, reason.
motte, *f.*, clod, sod.
mou, mol, molle, soft; weak.
mouchoir, *m.*, handkerchief.
mouillé, –e, wet.
moule, *f.*, mussel, clam.
moulé, –e, molded.
moulin, *m.*, mill.
mourir, to die; cease.
mousse, *f.*, moss.
mousseu–x, –se, mossy.
moustache, *f.*, mustache.
moustique, *m.*, mosquito.
mouton, *m.*, sheep.
mouture, *f.*, grinding, grist.
mouvement, *m.*, movement, motion, stirring, flurry.
mouvoir (se), to move.
moyennement, middlingly, moderately.
muet, –te, silent.
mulet, *m.*, mule.
mulot, *m.*, mole.
mur, *m.*, wall.
mûr, –e, ripe.
muraille, *f.*, wall.
mûrir, to ripen.
mûrissant, –e, ripening.
murmure, *m.*, whispering.
murmurer, to mutter, whisper.
mystérieu–x, –se, mysterious.

N

nageoire, *f.*, fin.
nager, to swim.
naïf, *m.*, simple minded person.

naître, to be born, spring, grow, come; dawn.
naïvement, naively, candidly.
nappe, *f.*, sheet of water.
narguer, to defy, sneer at.
naseau, *m.*, nostril.
nasse, *f.*, bow-net.
naturel, –le, natural.
naturellement, naturally, of course.
ne, not; — ... pas, not; — ... plus, no longer, no more; — ... point, not at all; — ... que, only, nothing but.
né, –e, born.
nécessaire, necessary.
nécessiteux, *m.*, needy person.
négliger, to neglect.
neige, *f.*, snow.
nenni, no.
nerveu–x, –se, nervous, sinewy.
net, –te, clear.
net, *adv.*, clearly, distinctly; suddenly, short.
neuf, nine.
neu–f, –ve, new.
neuvième, ninth.
neveu, *m.*, nephew.
nez, *m.*, nose.
ni, neither, nor.
niche, *f.*, niche, recess; box.
nicher, to build one's nest.
nid, *m.*, nest.
nielle, *f.*, rose-campion.
noir, –e, black, dark.
noir, *m.*, black.
nom, *m.*, name.
nombre, *m.*, number; être du —, to be one of them.
nombreu–x, –se, numerous.
nomination, *f.*, appointment.
nommer, to name, call; se —, be called.
non, no, not; — plus, nor ... either, either.
nord, *m.*, north.
notaire; *m.*, notary.

notarié, -e, notarial, legal.
nouer, to tie, knot.
nourrisson, *m.*, nursling.
nourriture, *f.*, food.
nouveau, nouvel, nouvelle, new, fresh.
nouvelle, *f.*, news.
novembre, *m.*, november.
noyé, *m.*, drowned person.
nu, -e, naked, bare.
nuage, *m.*, cloud.
nuit, *f.*, night.
nul, -le, any, no; any one, no one.
nullement, not at all.
numéro, *m.*, number.
nuque, *f.*, nape (*of the neck*).

O

obéir, to obey.
obligation, *f.*, duty.
obliger, to oblige.
obscur, -e, obscure, dark.
observer, to observe, notice, watch.
obstinément, obstinately.
obtenir, to obtain, get.
obus (*sound the s*), *m.*, shell.
occasion, *f.*, opportunity.
occupation, *f.*, occupation; troupes d'—, troops occupying the town.
occuper, to occupy; s'— à, pay attention to.
octobre, *m.*, October.
odeur, *f.*, odor, smell.
œil, *m.* (*pl.*, yeux), eye; coup d'—, glance.
œuf, *m.*, egg.
œuvre, *f.*, work, deed.
offenser, to offend, hurt.
officier, *m.*, officer.
offre, *f.*, offer.
offrir, to offer, show.
oiseau, *m.*, bird.
ombre, *f.*, shade, shadow.

on (l'on), one, they, people, we, you.
oncle, *m.*, uncle.
onduler, to undulate, meander.
onze, eleven.
opiner, to give one's opinion, speak.
opposé, -e, opposite.
or, *conj.*, now.
or, *m.*, gold.
orage, *m.*, storm.
orateur, *m.*, orator, speaker.
ordinaire, regular, customary, common, usual; d'—, usually.
ordonnance, *f.*, prescription.
ordonner, to order, direct.
ordre, *m.*, order.
oreille, *f.*, ear.
orgueil, *m.*, pride, self-conceit.
oriflamme, *f.*, little banner.
originaire, native.
orner, to adorn.
oser, to dare.
ou, or; — bien, or else.
où, where, in which, to which; when; d'—, whence; par —? which way?
oubli, *m.*, forgetfulness.
oublier, to forget.
oui, yes.
ourlet, *m.*, hem.
outil, *m.*, tool.
ouvert, -e, open.
ouverture, *f.*, opening.
ouvrage, *m.*, work.
ouvrier, *m.*, workman.
ouvrière, *f.*, workwoman; — de la couture, dressmaker; — de la mode, milliner.
ouvrir, to open; s' —, open, be open; start.

P

paille, *f.*, straw.
pain, *m.*, bread.

paire, *f.*, pair.
paisible, peaceful.
paix, *f.*, peace.
pâle, pale, dim.
pâleur, *f.*, paleness.
pâlir, to turn pale.
pantalon, *m.*, trousers.
papier, *m.*, paper.
paquet, *m.*, bundle.
par, by, through, out of, in, from; — là, that way; on that side.
paraître, to appear.
parapet, *m.*, railing.
parce que, because.
par-dessous, under.
pardessus, *m.*, overcoat.
par-dessus, over, above, upon.
pardonner, to forgive.
pareil, –le, like, similar, such.
parent, *m.*, parent; relative.
parenté, *f.*, relationship.
paresseusement, lazily.
parfait, –e, perfect.
parfaitement, exactly; quite true.
parfois, sometimes.
parfum, *m.*, perfume.
parler, to speak, mention.
parmi, among, amidst.
paroi, *f.*, side.
paroisse, *f.*, parish.
paroissien, *m.*, parishioner.
parole, *f.*, word, speech.
parquet, *m.*, floor.
part, *f.*, part, share; de toutes —s, on all sides.
partager, to share, divide; se —, share.
parti, *m.*, party, force; prendre son — de, become reconciled with.
particulièrement, particularly.
partie, *f.*, part.
partir, to depart, set out, proceed, start; come off, get loose; à — de, from ... on.

partout, everywhere; — ailleurs, anywhere else.
parut, *see* paraître.
parvenir, to arrive, reach; — à (*followed by an infinitive*), succeed in; y —, succeed in doing it.
parvint, *see* parvenir.
pas, *m.*, pace, step, stride; aller au —, to keep step, march in time.
pas, *adv.*, any, not any, no, not; ne ... —, not.
passage, *m.*, way; sur son —, when she passed.
passant, *m.*, passer-by.
passé, –e, past, last.
passé, *m.*, past.
passer, to pass, go through, go by, spend; be looked upon; become; — à gué, ford; se —, take place.
passion, *f.*, passion, eagerness.
passionné, –e, passionate.
patelin, –e, wheedling, hypocritical.
paternel, –le, paternal, fatherly.
patois, *m.*, dialect.
patrouille, *f.*, patrol.
patte, *f.*, paw, leg, foot.
pâture, *f.*, pasture.
pâturer, to graze; eat.
paupière, *f.*, eyelid.
pauvre, poor.
pauvreté, *f.*, poverty.
pavage, *m.*, pavement.
pavillon, *m.*, bell, big end (*of a trumpet*).
pavot, *m.*, poppy.
payer, to pay, pay off.
payeur, *m.*, pay.
pays, *m.*, country, land, region.
paysage, *m.*, landscape.
paysan, *m.*, peasant.
paysan, –ne, of the peasants.
peau, *f.*, skin.
pécari, *m.*, pecary, Mexican hog.

péché, *m.*, sin.
pêcher, to fish.
pécheresse, *f.*, sinner.
peindre, to paint.
peine, *f.*, pain, sorrow, trouble;
à —, scarcely, hardly; avec
—, with difficulty; à grand'
—, with great difficulty.
peiner, to toil hard.
peint, -e, *see* peindre.
peintre, *m.*, painter.
peinture, *f.*, painting, picture.
pelage, *m.*, coat, color of the
hair.
peler, to peel, strip.
pelote, *f.*, ball; pincushion.
penché, -e, leaning, stooping.
pencher, to bend; se —, bend,
lean, stoop.
pendant, during, for; — que,
while.
pendre, to hang, be suspended.
pendu, -e, hanging.
pendu, *m.*, person who has com-
mitted suicide by hanging.
pénétrer, to penetrate, enter.
pénible, painful, difficult.
péniblement, painfully, with
difficulty.
pensée, *f.*, thought.
penser, to think; — à, think
of.
pente, *f.*, slope, declivity.
percée, *f.*, opening.
percer, to pierce, cut.
perche, *f.*, rod; rib, stick.
perché, -e, perched, situated.
perchoir, *m.*, roost.
perdre, to lose.
perdu, -e, lost; waste; scattered, out of the way.
père, *m.*, father.
péril, *m.*, danger.
période, *f.*, period.
périr, to perish.
perle, *f.*, pearl.
perlé, -e, adorned with pearls.

permettre, to permit, allow.
perron, *m.*, stoop.
persienne, *f.*, outside shutter.
personnage, *m.*, personage, person.
personne, *f.*, person; *m.*, no-
body, no one.
persuader, to persuade.
peser, to weigh.
pétale, *m.*, petal.
petit, -e, little, small, minute.
petit, *m.*; petite, *f.*, little one.
petite-fille, *f.*, grand-daughter.
petite-main, *f.*, dressmaker's
apprentice.
peu, little, but little, few; not
very; hardly; un — *or* quelque — (*before adj.*), somewhat; assez —, but little,
not very hard; — de chose,
very little; à — près, almost.
peur, *f.*, fear; de — de, for
fear; avoir —, to be afraid;
faire —, frighten.
peut-être, perhaps.
peux, *see* pouvoir.
phare, *m.*, light-house.
photographie, *f.*, photograph.
phrase, *f.*, sentence.
physionomie, *f.*, physiognomy,
face.
piaffer, to paw the ground.
piailler, to chirp, twitter.
piaulement, *m.*, chirping, cluck-
ing.
pic, *m.*, peak.
pièce, *f.*, piece, room.
pied, *m.*, foot.
piège, *m.*, trap.
piégeur, *m.*, trapper.
piémontais, -e, Piedmontese, of
Piedmont.
pierre, *f.*, stone, rock.
pierreu-x, -se, stony, stone.
piétinement, *m.*, trampling.
piétiner, to trample.
pignon, *m.*, gable.

piller, to pillage, plunder, sack.

pin, *m.*, pine-tree, fir.

pinceau, *m.*, brush.

pincer, to pinch, press, bite.

piquant, -e, sharp.

piquer, to prick, bite; stick.

piqûre, *f.*, prick, sting.

pitié, *f.*, pity, mercy.

pivot, *m.*, axis; arbre de—, shaft.

place, *f.*, place, seat; sur —, on the spot.

placer, to place, put, seat.

plage, *f.*, beach.

plaie, *f.*, wound.

plaindre, to pity; se —, complain.

plaine, *f.*, plain; de —, flat.

plainte, *f.*, complaint; creaking.

plaire, to please.

plaisanter, to jest.

plaisanterie, *f.*, jesting, joke, trick.

plaisir, *m.*, pleasure.

planche, *f.*, board.

planchette, *f.*, small board.

plante, *f.*, plant.

planter, to plant, set firmly.

plaque, *f.*, plate; badge; patch.

plaqué, -e, combed flat, plastered.

plat, -e, flat.

platane, *m.*, plane-tree.

plateau, *m.*, table-land.

plate-bande, *f.*, platband, border of flowers.

plâtras, *m.*, piece of plaster, rubbish.

plein, -e, full; en —e couvée, right in the covey; en — soleil, in broad sunshine; à —s champs, all over the fields; à —es mains, by handfuls.

pleinement, fully.

pleurer, to weep; shed.

pleut, *see* pleuvoir.

pleuvoir, to rain; pour down, fall.

pli, *m.*, fold.

plier, to fold, bend; yield, fall back.

plomb, *m.*, lead; shot, small shot.

plonger, to plunge, dip, dive.

pluie, *f.*, rain, shower; — fine, drizzle.

plumage, *m.*, feathers.

plume, *f.*, feather; pen.

plumitif, *m.*, scribe, paper-scratcher (*used derogatorily*).

plupart, *f.*, greater part, majority.

plus, more, most; — de (*number*), more than; de —, longer; besides; que ... de —? what else? ne ... —, no more, no longer; de — en —, more and more; non —, either, nor ... either.

plusieurs, several.

plutôt, rather; sooner.

pluvieu-x, -se, rainy.

poche, *f.*, pocket; bag.

pochette, *f.*, small bag.

poêle (*sound: poil*), *m.*, stove; pall.

poids, *m.*, weight.

poignée, *f.*, handful; — de main, handshake.

poignet, *m.*, wrist.

poil, *m.*, hair, color; bonnet à —, grenadier's cap, bearskin cap.

poing, *m.*, fist.

point, *m.*, point, dot; respect; de tous —s, in every sense.

point, *adv.*, not at all; ne ... —, not at all.

pointe, *f.*, point, head, top.

pointu, -e, pointed.

poire, *f.*, pear.

poirier, *m.*, pear-tree.

poisson, *m.*, fish.

poitrail, *m.*, chest.

poitrine, *f.*, chest.

poli, *m.*, polish, gloss.
politesse, *f.*, politeness.
pomme, *f.*, apple; — de terre, potato; — de pin, fir cone.
pommette, *f.*, cheekbone.
pommier, *m.*, apple-tree.
pondre, to lay eggs.
pont, *m.*, bridge.
populaire, popular.
portant, -e (bien), in good health.
porte, *f.*, door, gate.
porté, -e, inclined.
porte-bonheur, *m.*, talisman.
portefeuille, *m.*, portfolio.
porter, to carry, bear, wear, take; feel; support; lead; draw; se —, repair, go, advance.
portrait, *m.*, portrait, picture, likeness.
posément, steadily.
poser, to place, put, set; se —, alight.
posséder, to possess.
poste, *m.*, post, guardhouse; appointment.
poster, to post, station.
post-scriptum, *m.*, postscript.
potager, *m.*, kitchen garden.
poudre, *f.*, powder.
poudrer, to powder; se — de blanc, get covered with snow.
poulailler, *m.*, hen coop.
poulain, *m.*, colt.
poule, *f.*, hen; — d'eau, water-hen, coot.
pouliche, *f.*, filly.
poupée, *f.*, doll.
pour, for, to, in order to, as to; — que, so that, in order that.
pourceau, *m.*, pig; étable à —x, pigsty.
pourquoi, why.
poursuivre, to pursue, prosecute.
pourtant, however, yet.
pourvoir, to provide, attend.

pourvu que, if only.
poussée, *f.*, pressure.
pousser, to push, push on, drive, thrive, grow, shoot forth; utter.
poussière, *f.*, dust.
poussin, *m.*, chick.
poutre, *f.*, beam, rafter.
pouvoir, to be able, may, can.
pouvoir, *m.*, power.
prairie, *f.*, meadow.
pré, *m.*, meadow.
précieusement, carefully.
précieu-x, -se, precious.
précipitation, *f.*, haste.
prédire, to predict, foretell.
préfecture, *f.*, prefect's office.
préféré, -e, favorite.
préférence, *f.*, preference, liking.
premi-er, -ère, first.
prenais, prenant, *see* prendre.
prendre, to take, catch, seize, capture, win, put on; se — à, begin to; — son parti de, become reconciled with.
préoccupation, *f.*, care, anxiety.
préparer, to prepare; se —, be prepared, get ready.
près (de), near, close by; à peu —, almost.
prés, *pl. of* pré.
presbytère, *m.*, parsonage.
prescrire, to order.
présent, *m.*, present, present time; à —, now.
présenter, to present, introduce, hold, carry; se —, present oneself, appear.
présider, to preside.
presque, almost.
pressé, -e, urgent; thick.
presser, to urge, quicken; pull; force in.
prêt, -e, ready.
prêter, to lend; se —, consent, submit.

prêtre, *m.*, priest.

preuve, *f.*, proof, evidence.

prévenir, to warn; se —, warn each other.

prévoir, to foresee.

prier, to pray, beg, ask.

prière, *f.*, prayer.

printemps, *m.*, spring.

prirent, pris, –e, *see* prendre.

prisonnier, *m.*, prisoner.

prit, *see* prendre.

prix, *m.*, price, cost; à tout —, at any cost, by all means.

problème, *m.*, problem.

procès, *m.*, process, lawsuit; — -verbal, official report; — de chasse, lawsuit for damages made by game.

prochain, –e, near, neighboring, next, coming.

proche, near.

produire, to produce, occasion, bring about.

profiter, to profit, take advantage.

profond, –e, deep.

profondément, deeply.

proie, *f.*, prey, booty; prize.

prolongé, –e, extended, long.

prolonger, to prolong.

promenade, *f.*, walk, march.

promeneur, *m.*, promenader.

promettre, to promise.

promis, –e, *see* promettre.

prompt, –e, quick.

promptement, at once.

prononcer, to pronounce, say, speak.

proposer, to propose, offer.

propre, own.

propriétaire, *m.*, owner.

protecteur, *m.*, protector.

protéger, to protect.

prouver, to prove, show.

Provençal, *m.*, Provençal, native of Provence (*old province in S. E. France*).

provoca-teur, -trice, provoking, challenging.

prudent, –e, prudent, discreet, careful.

psychologue, *m.*, psychologist.

pu, *see* pouvoir.

publi-c, -que, public.

publier, to publish.

puis, then.

puis, *see* pouvoir.

puiser, to draw; dig, take.

puisque, since.

puissamment, powerfully.

puisse, *see* pouvoir.

pullulant, –e, swarming.

punir, to punish.

punition, *f.*, punishment.

pur, –e, pure.

purement, purely, merely.

purger (se), to purge oneself, take physic.

pus, put, *see* pouvoir.

Q

quand, when, even if.

quarantaine, *f.*, about forty.

quarante, forty.

quart, *m.*, fourth.

quartier, *m.*, quarter; dans le — haut, up town.

quartorze, fourteen.

quatre, four.

quatrième, fourth.

que, *pron.*, whom, which, that.

que, *conj.*, that, as, than, only, except; how; when; ne . . . —, only; c'est —, it is because.

quel, –le, which, what.

quelconque, any, some . . . or other.

quelque, some, a few.

quelquefois, sometimes.

quelqu'un, somebody; quelques-uns, some, a few.

question, *f.*, question; problem.

queue, *f.*, tail.

quinze, fifteen.

quitter, to leave, let go; **ne pas
— des yeux**, gaze constantly
at.

quoi, what; **de —**, wherewith,
enough.

quotidien, –ne, daily.

R

rabaisser, to lower again.

rabrouer, to flout, rebuke.

race, *f.*, breed, stock.

raconter, to relate, tell; **se —**,
relate to each other.

radieu-x, –se, beaming.

rage, *f.*, rage, anger.

raide, stiff.

raidillon, *m.*, steep hillock.

raidir, to stiffen.

raie, *f.*, line, fine groove, streak.

raisin, *m.*, grape.

raison, *f.*, reason, cause, motive;
avec —, rightly; **avoir —**, to
be right; **plus que de —**, more
than was reasonable or fair.

ralentir, to slacken.

ramener, to bring, bring back.

ramifier (se), to ramify, branch
out.

rampe, *f.*, railing..

rancune, *f.*, rancor; **garder — à**,
to bear a grudge against.

rang, *m.*, rank, row, number.

rangé, –e, steady, well-behaved.

rangée, *f.*, row.

rapide, rapid, swift.

rapidement, quickly.

rapine, *f.*, plunder, prey; **bête
de —**, predatory bird.

rappeler, to call back, recall to
mind, indicate; **— à**, remind
any one of; **se —**, remember.

rapport, *m.*, report.

rapporter, to bring back, bring in.

rapprocher, to bring near, bring
together; **se —**, come near or
nearer, be brought together,
look almost like.

rarement, seldom.

ras, *m.*, level; **au — de**, close to.

raser, to shave.

rassembler, to gather; **se —**,
flock together, gather.

rassurer, to reassure.

ratelier, *m.*, gun-rack.

rattraper, to take back.

ravir, to delight; **à —**, admira-
bly, in a delightful way.

ravivé, –e, reanimated, roused.

rayer, to streak.

rayon, *m.*, ray, beam.

rayonner, to be radiant, be
beaming.

rebâtir, to rebuild.

rebrousse-poil (à), against the
grain.

recevoir, to receive.

réchauffer (se), to get warm
again.   [again.

recoller, to paste again, glue

récolte, *f.*, harvest.

récolter, to gather, reap.

recommandation, *f.*, recommen-
dation, warning.

récompense, *f.*, reward, return.

reconduire, to take home.

reconnaissance, *f.*, gratitude;
faire une —, to go reconnoi-
tring.

reconnaissant, –e, grateful,
thankful.

reconnaître, to recognize, acknowledge; **— à**, recognize
by; **se —**, recognize each
other.

reconnut, *see* reconnaître.

reconstituer, to reconstitute.

recoucher (se), to go to bed
again.

recourbé, –e, bent, curved.

recourir, to have recourse.

recouvrir, to cover.
recrue, *f.*, recruit.
recrutement, *m.*, recruiting board.
reçu, *m.*, receipt.
recueilli, –e, collected.
recueillir (se), to collect one's thoughts.
reculer, to fall *or* go *or* move back; se —, draw back.
redevenir, to become again.
rédiger, to draw up, write.
redingote, *f.*, frockcoat.
redoute, *f.*, redoubt.
redresser, to straighten; se —, straighten up, draw oneself up.
réduit, *m.*, retreat; small room.
réel, –le, real.
réentendre, to hear again.
refermer, to close, shut; se —, close.
réfléchir, to consider, think.
reflet, *m.*, reflection.
reformer (se), to form anew, close again.
refrain, *m.*, burden of a song; greeting.
refroidir, to grow cold, grow cool.
refuge, *m.*, shelter; maison de —, home.
réfugier (se), to take refuge.
refuser, to decline.
regain, *m.*, aftermath, second crop of hay.
regard, *m.*, look, glance.
regarder, to look at, look on, look into; face; y —, be niggardly about it; se —, look at each other.
registre, *m.*, record, book.
réglementaire, prescribed.
régler, to settle, pay off.
régner, to reign.
regretter, to regret, lament.
réguli–er, –ère, regular.
régulièrement, regularly.

reine, *f.*, queen.
reins, *m. pl.*, loins, back.
rejoindre, to overtake, join.
réjouir (se), to rejoice.
réjouissant, –e, pleasant.
relâcher, to release, set free.
relati–f, –ve, relative.
relation, *f.*, connection, intercourse.
relevé, –e, high, turned up.
relever, to raise up again, lift up again, lift open again, take up, relieve; se —, get up again, sit up.
relié, –e, bound together.
religieuse, *f.*, nun.
relique, *f.*, relic.
remblai, *m.*, embankment; ridge.
remède, *m.*, remedy, medicine.
remercier, to thank.
remettre, to return, restore, revive; deliver; se — à, begin again; resume.
remonter, to go up again, go back, ascend.
remplacer, to replace.
remplir, to fill, fulfill, perform.
remporter, to take back, carry back.
remuer, to move, stir up; dig.
renard, *m.*, fox.
rencontre, *f.*, meeting.
rencontrer, to meet, meet with, strike; se —, meet, agree.
rendormir (se), to fall asleep again.
rendre, to render, give back, return; give, give in return; pay; make; se —, betake oneself, go; se — compte, realize.
rêne, *f.*, rein.
renommé, –e, famous.
rentier, *m.*, rentière, *f.*, person living on his *or* her income.
rentrer, to return, go back, come back; take in.

renverse (à la), on one's back; backwards.

renversé, –e, prostrate, lying on one's back.

renverser, to throw down, throw back.

renvoyer, to send away.

répandre, to scatter.

reparaître, to reappear.

réparer, to repair, make up for.

repartir, to set out again, start again; reply.

reparut, *see* **reparaître.**

repasser, to repass, cross again.

repentir, *m.,* repentance, repenting.

répéter, to repeat.

replier, to fold again.

répondre, to respond, reply; — de, vouch for.

réponse, *f.,* answer.

reporter, to carry back, take back.

repos, *m.,* repose, rest.

reposer, to rest; lie.

reprendre, to take again, take up again, recover, get; go on, continue.

représenter, to represent.

reprocher (se), to reproach oneself.

repromettre, to promise again.

reps (*sound the 's*), *m.,* rep.

requête, *f.,* request, petition.

réserve, *f.,* reserve; **en** —, spare.

réservé, –e, reserved, cautious, stiff.

résister, to resist.

résoudre, to resolve, solve.

respectueu–x, –se, respectful.

respiration, *f.,* breathing.

respirer, to breathe.

responsabilité, *f.,* responsibility.

ressaisir, to seize again; recover; — la pensée, come to, compose oneself.

ressemblance, *f.,* likeness.

ressembler, to resemble.

ressort, *m.,* spring.

ressouvenir (se), to remember.

ressouvint, *see* **ressouvenir.**

reste, *m.,* rest, others; remnant; bit.

rester, to remain, stay; be left; — tranquille, set one's mind at ease.

retard, *m.,* delay; **en** —, late.

retenir, to retain, restrain, hold, hold back, keep back, keep together; engage, bespeak; **voix retenues,** subdued voices.

retentir, to resound.

retirer, to take out; **se** —, withdraw, go away; stand aside.

retomber, to fall back.

retour, *m.,* return, coming back.

retourné, –e, inside out.

retourner, to return, turn down; **se** —, turn around; **s'en** —, go back, go home.

retrouver, to find again, meet again; **se** —, find oneself again; be oneself again.

réunir, to unite, gather; **se** — à, join.

réussir, to succeed.

réussite, *f.,* success.

revanche, *f.,* revenge.

rêve, *m.,* dream.

réveil, *m.,* reveille; awakening.

réveiller, to awake; **se** —, wake up, be awakened, revive.

revenir, to return, come back; — à, suit, please.

revers, *m.,* facing; ridge, side.

reviens, revins, *see* **revenir.**

revirent, revis, revit, *see* **revoir.**

revivre, to live again.

revoir, to see again, meet again; **se** —, see each other again, meet each other again.

revoir (au), good-by.

revue, *f.,* review.

Rhin, *m.,* Rhine.

rhum, *m.*, rum.
riche, rich.
richesse, *f.*, riches, wealth.
ridé, –e, wrinkled.
rideau, *m.*, curtain.
rien, *m.*, anything; ne ... —, nothing.
rire, to laugh.
rire, *m.*, laughter.
risquer, to risk; se —, venture.
rivalité, *f.*, rivalry.
rive, *f.*, bank.
rivière, *f.*, river.
robe, *f.*, dress; coat.
roc, *m.*, rock.
roche, *f.*, rock.
rocher, *m.*, rock.
rocheu–x, –se, rocky.
rôder, to roam, prowl about; glide.
rôdeu–r, –se, prowling.
roi, *m.*, king.
rôle, *m.*, role, part.
rompre, to break, break off; se —, break.
rond, –e, round.
rond, *m.*, round, ring, circle.
ronde, *f.*, round.
rondement, roundly.
rose, rosy, rose-colored; pink; flushed.
rose, *m.*, flush; bois de —, rose-wood.
roseau, *m.*, reed.
rosée, *f.*, dew.
roue, *f.*, wheel.
rouet, *m.*, spinning-wheel.
rouge, red.
rougir, to blush.
rouillé, –e, rusty.
rouiller (se), to get rusty.
roulement, *m.*, roll, rolling, rumbling.
rouler, to roll, roll over; bend; être roulé entre, be handled with.
rousse, *see* roux.

route, *f.*, road, way; faire — de ce côté, to be going that way.
rou–x, –sse, reddish; d'un blond —, auburn.
royaume, *m.*, kingdom.
ruche, *f.*, hive.
rude, hard, difficult.
rudesse, *f.*, roughness.
rue, *f.*, street.
ruelle, *f.*, alley.
ruine, *f.*, ruin.
ruiner, to ruin.
ruisseau, *m.*, brook.
rythme, *m.*, rhythm.

S

sable, *m.*, sand.
sablé, –e, sanded, gravelled.
sabot, *m.*, wooden shoe.
sabre, *m.*, broadsword.
sac, *m.*, sack, bag; knapsack.
sache, *see* savoir.
sage, wise, good, quiet.
sagement, prudently.
saillie, *f.*, projection.
sais, *see* savoir.
saisir, to seize, catch.
saison, *f.*, season.
salamandre, *f.*, salamander.
sale, dirty.
salé, –e, salt, salted.
salle, *f.*, hall, room; — à manger, dining-room.
salon, *m.*, parlor, drawing-room.
saluer, to salute, greet; se —, salute each other.
salut, *m.*, salute.
sang, *m.*, blood.
sang-froid, *m.*, coolness, composure.
sanglé, –e, strapped; tightly laced.
sanglot, *m.*, sob.
sans, without, but for; — que, without.

sansonnet, *m.*, starling.
santé, *f.*, health.
saoûl (*sound: sou*), *m.*, fill.
sapin, *m.*, fir-tree.
sapinière, *f.*, grove of fir-trees.
sarbacane, *f.*, air gun.
sarrasin, *m.*, buckwheat.
satisfait, –e, satisfied, pleased.
sau–f, –ve, safe.
saulaie, *f.*, willow grove.
saule, *m.*, willow.
saurait, *see* savoir.
saute, *f.*, shift.
sauter, to leap, jump; blow up;
— au cou de, fall on somebody's neck.
sauvage, savage, wild, unsocia-
ble.
sauve, *see* sauf.
sauver, to save; se —, run away.
savant, –e, learned.
savoir, to know, be informed of,
be aware of; se —, be known.
scène, *f.*, scene.
scie, *f.*, saw.
sculpter, to carve.
se, self, to oneself, himself, to
himself, herself, to herself,
themselves, to themselves.
sec, sèche, dry.
second, –e, second.
seconde, *f.*, second.
secouer, to shake.
secours, *m.*, help; allowance.
secousse, *f.*, shake, fit.
secrétaire, *m.*, secretary.
seigneur, *m.*, lord; — ! O Lord !
O Lord no!
sein, *m.*, breast, bosom.
séjour, *m.*, sojourn, stay.
sel, *m.*, salt.
selon, according to.
semaine, *f.*, week.
semblable, similar, like, such.
sembler, to seem.
semer, to sow, scatter, strew.
séminaire, *m.*, seminary.

sens, *m.*, direction.
sens, *see* sentir.
sentier, *m.*, footpath.
sentinelle, *f.*, sentry.
sentir, to feel; se —, feel oneself, feel that one is . . .
séparer, to separate, divide.
sept, seven.
sergent, *m.*, sergeant.
série, *f.*, series, set.
serre, *f.*, green-house.
serré, –e, close together, tight;
see serrer.
serrer, to press, shake, clinch;
squeeze, wedge in; take in;
put by, put away.
service, *m.*, service, favor; use.
serviette, *f.*, napkin; portfolio.
servir, to serve; — de, serve as.
seuil, *m.*, threshold.
seul, –e, alone, only, single,
lonely; toutes —es, by themselves.
seulement, only.
si, *conj.*, if, whether; — ce n'est,
except.
si, *adv.*, so; yes; — . . . que,
however; — bien que, so
that.
sien (le), la sienne, les siens,
les siennes, his, hers, its, one's.
sifflement, *m.*, whistling; hiss-
ing.
siffler, to whistle; hiss; whiz.
siffloter, to whistle (lightly).
signaler, to report.
signe, *m.*, sign, gesture, nod.
signer, to sign; make the sign
of the cross upon.
silencieu–x, –se, silent, noiseless.
silencieux, *m.*, taciturn person.
sillon, *m.*, furrow.
sillonner, to furrow.
simple, simple, artless, plain,
mere.
singuli–er, –ère, peculiar,
strange.

situé, -e, situated.

six, six.

société, f., society.

sœur, f., sister; nun.

soi, oneself, itself.

soie, f., silk.

soigner, to take care of.

soin, m., care; avoir bien — de, to take good care to.

soir, m., evening; le —, in the evening.

soixante, sixty.

sol, m., soil, ground.

soldat, m., soldier.

soleil, m., sun.

solennellement, in a solemn way.

solide, strong.

solidement, firmly.

solive, f., joist.

sombre, sombre, dark.

sommaire, -e, summary, brief.

somme, f., sum, amount.

sommeil, m., sleep.

sommet, m., summit, top, height.

son, m., sound, blast.

songer, to dream, think.

sonner, to sound, ring, strike, resound, rattle; come.

sonnerie, f., sound.

sorcier, m., sorcerer, wizard.

sort, m., fate, destiny; spell, charm.

sort, see sortir.

sorte, f., sort, kind.

sortilège, m., witchcraft, spell.

sortir, to go out, come out, issue.

sou, m., cent.

souche, f., stump.

soucier (se), to care, be anxious.

souder, to solder, join, unite.

souffle, m., breath, breathing, puff.

souffler, to blow.

souffrir, to suffer, tolerate, bear.

souhaiter, to wish; — la fête à quelqu'un, congratulate somebody on his patron saint's day.

soulever, to lift, lift up, raise.

soulier, m., shoe.

soumis, -e, obedient.

soupçon, m., suspicion.

soupe, f., soup; meal; manger la —, to dine.

soupeur, m., banqueter, guest.

soupière, f., soup-tureen.

soupirer, to sigh.

sourire, to smile.

sourire, m., smile.

sournois, -e, sly, sullen.

sous, under, beneath.

sous, pl. of sou.

sous-lieutenant, m., sub-lieutenant.

sous-officier, m., non-commissioned officer.

soutane, f., cassock.

soutenir, to sustain, support.

souvenir (se) de, to remember.

souvenir, m., remembrance, memory, recollection; keepsake.

souvent, often.

souvient, see souvenir.

spécialité, f., specialty. [ness.

spectateur, m., spectator, wit-

spirale, f., spiral, curve.

stationner, to stand, stop.

strier, to striate, streak.

stylet, m., stiletto.

su, -e, see savoir.

subir, to undergo, suffer.

subit, -e, sudden.

subitement, suddenly.

succès, m., success.

succession, f., succession, inheritance, estate.

successivement, successively.

suffire, to suffice, be sufficient.

suffisance, f., vanity.

suit, see suivre.

suite, f., consequence; rest; à sa —, along with him, in his train; de —, in succession; at once; tout de —, at once.

suivre, to follow.
superbe, superb, splendid.
supplier, to entreat.
supporter, to bear, endure.
sur, on, upon, over; out of.
sûr, -e, sure; safe; lieu —,
place of safety; bien — or
pour —, to be sure, surely,
quite certain; of course;
probably.
surnom, m., nickname.
sursaut, m., start, spasm.
surtout, especially, above all.
sut, see savoir.
svelte, slender.

T

tableau, m., picture.
tache, f., spot.
tâcher, to try.
taille, f., size, height, stature.
tailler, to cut, cut out, shape.
tailleur, m., cutter.
taillis, m., copse, underwood.
taire (se), to be silent, keep
still.
talon, m., heel.
talus, m., embankment, bank,
slope.
tancer, to rebuke.
tandis que, while.
tant, so much, as much, so many,
as many; so many times; —
mieux, so much the better;
— que, as long as.
tante, f., aunt.
tantôt, sometimes; — . . . ,
—, now . . . , now.
taper, to tap, pat.
taquiner, to tease.
tard, adv., late.
tard, m., decline.
tarder à, to be slow, be long.
tarif, m., tariff, rate.
tarir, to dry.

tâter, to feel; — de l'œil, cast
a criticizing glance on.
taudis, m., hovel.
teint, m., complexion; face.
teinte, f., tint, hue.
tel, -le, such, such a.
témoin, m., witness.
tempe, f., temple.
tempête, f., storm.
temps, m., time; weather; —
de chien, very bad weather;
de — à autre or de — en —,
from time to time; du — que,
when.
tendre, to tend, extend, stretch,
stretch out, strain; distend;
hang, cover; shake; direct,
bend; lay, set, spread, spin.
tendresse, f., tenderness, affec-
tion.
ténèbres, f. pl., darkness.
tenir, to hold, keep, stick; — à,
care for; y —, care for it; —
lieu de, replace; tiens! or
tenez! hold! here! see! je te
tiens, you are caught; se —,
be held, take place; stand;
se — debout, stand up.
tenter, to attempt; take; se —,
be attempted.
tenu, -e, see tenir.
ténu, -e, tiny, minute.
terme, m., term.
terminer, to end, finish.
terne, dull.
terrain, m., ground, land, lay of
land.
terre, f., earth, land, estate,
field; par —, on the ground;
motte de —, clod; mur de —,
mud wall.
territoire, m., territory.
tête, f., head.
têtière, f., head-stall, head-
strap.
théorie, f., theory; procession.
tiédeur, f., warmth.

tien (le), la tienne, les tiens, les tiennes, yours.

tiens, *see* tenir.

tiers, *m.*, third.

tige, *f.*, stem.

timbré, –e, stamped.

timide, timid, timorous.

tiqueté, –e, spotted, speckled.

tirer, to draw, pull, fire, shoot; take.

tireur, *m.*, shot.

tison, *m.*, brand.

tisonner, to stir the fire.

tituber, to reel, stagger.

toile, *f.*, linen, cloth; canvas; cobweb; — cirée, oilcloth.

toit, *m.*, roof.

tombeau, *m.*, grave.

tombée, *f.*, fall.   [side.

tomber, to fall, fall down; sub-

ton, *m.*, tone, accent.

tonnelle, *f.*, arbor.

tordre, to twist, wind; se —, be twisted; meander.

tôt, soon, early.

toucher, to touch; — à, border on.

toucher, *m.*, touch, feeling.

touffe, *f.*, tuft.

toujours, always, ever, still.

tour, *m.*, turn; trick; twist; faire le —, go around him.

tourbillon, *m.*, whirlwind; kink, curl.

tourelle, *f.*, turret.

tourment, *m.*, torment.

tourmenter, to torment.

tournant, *m.*, turn, bend.

tourner, to turn, turn around; shape; direct; wind, meander; — bride, face about.

tournoyer, to turn round and round.

tout, –e, all, every, any; tous deux, both; tous les soirs, every evening; toutes les trois fois, every third time.

tout, *m.*, all, everything.

tout, *adv.*, all, entirely, quite, completely, very; — . . . que, however, as; pas du —, not at all; — à coup, suddenly; — à fait, quite; — à l'heure, in a little while, just now; — au bord, on the very edge.

trace, *f.*, track, trail, mark.

traditionnel, –le, traditional.

tragique, tragic, tragical.

tragiquement, in a tragic way.

train, *m.*, train; rate.

traînard, *m.*, straggler.

traîner, to drag; se —, drag along, lag, linger.

trame, *f.*, woof, texture.

tranche, *f.*, slice; slab.

tranchée, *f.*, trench.

tranquille, quiet; être —, to set one's mind at ease.

transcrire, to transcribe, copy out.

transparaître, to shine through, be visible.

trappe, *f.*, trap; opening.

trappeur, *m.*, trapper.

trapu, –e, thickset, thick.

travailler, to work, labor, study; extract oil out of.

travers, *m.*, breadth; à —, au —, across, through.

traverse, *f.*, cross-bar, cross-piece.

traverser, to traverse, cross, come across, pass through; pierce; mar; interrupt.

trébucher, to stumble.

trèfle, *m.*, clover.

treize, thirteen.

tremblant, –e, trembling.

tremblement, *m.*, trembling, shivering.

trembler, to tremble, shake.

tremper, to soak.

trentaine, *f.*, about thirty.

trente, thirty.

très, very.

tricoter, to knit.

triste, sad.

tristesse, f., sadness.

trois, three; toutes les — fois, every third time.

troisième, third.

trombe, f., whirlwind; violent gust.

tromper, to deceive; se —, be mistaken, make a mistake.

trompette, f., trumpet.

trop, too; too much, too many.

trottant, visiting.

trotter, to trot.

trottin, m., errand girl.

trou, m., hole.

troubler, to trouble, disturb.

trouer, to make a hole in; go through.

troupe, f., troop.

troupeau, m., flock.

trouver, to find, meet with; aller —, go and call on; se —, find each other; happen to be; be present; stand, be situated.

tuer, to kill.

tut, see taire.

tuteur, m., prop.

tuyau, m., pipe; (feather) barrel; stump, stubble.

U

un, —e, a, an; one; les uns, some.

unanime, unanimous.

uni, —e, smooth.

unième; vingt et —, twenty-first.

uniforme, uniform.

unique, unique, only, sole.

universel, —le, universal; légataire —, residuary legatee.

urbain, —e, urban, to the city.

user, to wear out.

usine, f., factory, manufacture.

V

va, see aller.

vague, f., wave.

vaincu, m., conquered.

vaincre, to vanquish, conquer, overcome.

vainqueur, victorious.

vais, see aller.

valide, valid, unharmed.

vallée, f., valley.

valoir, to be worth; bring; be as fast as; mieux vaut, it is better.

varié, —e, varied, variegated.

vas, see aller.

vaste, vast, spacious.

vaut, see valoir.

vécu, vécus, see vivre.

veille, f., eve, day before, evening before.

veillée, f., night watch.

veiller, to watch, sit up with; — à, superintend.

veilleur, m., watcher, man awake.

veiné, —e, veined.

velléité, f., faint desire.

velours, m., velvet.

velu, —e, hairy, shaggy.

vendre, to sell.

vengeance, f., revenge.

venir, to come; — de (followed by an infinitive), have just; faire —, send for.

vent, m., wind.

vente, f., sale.

ventre, m., belly, stomach, inside.

ventru, —e, big-bellied.

verdure, f., verdure, green.

verger, m., orchard.

véridique, truthful.

véritable, true, real.

vérité, *f.*, truth; **en —,** truly.
vernir, to varnish.
verras, *see* **voir.**
verre, *m.*, glass.
verrez, verrons, *see* **voir.**
verrue, *f.*, wart.
vers, toward, to; about.
versant, *m.*, side, slope.
verser, to pour, pour out, shed.
versoir, *m.*, flour bolt.
vert, –e, green.
vertu, *f.*, virtue.
veste, *f.*, jacket, coat.
vêtement, *m.*, garment; *pl.*, clothes.
vêtir, to dress.
veuve, *f.*, widow.
veux, *see* **vouloir.**
vibrant, –e, vibrating; **rendre —,** to set in vibration.
vibrer, to vibrate, hum, whiz.
vicaire, *m.*, vicar; **— général,** grand vicar (assistant to a bishop *or* archbishop).
victoire, *f.*, victory.
vide, empty. [chasm.
vide, *m.*, empty space, space,
vider, to empty.
vie, *f.*, life, living; animation; **à la —,** for life, for ever.
vieil, *see* **vieux.**
vieillards, *m. pl.*, old people.
vieille, *see* **vieux.**
vieille, *f.*, old woman.
vieillesse, *f.*, old age.
vieillir, to grow old.
viendra, viens, *see* **venir.**
vieux, vieil, vieille, old.
vieux, *m.*, old man; **les —,** the older soldiers.
vi–f, –ve, quick, bright, lively, earnest.
ville, *f.*, city, town.
vin, *m.*, wine.
vingt, twenty; **— et unième,** twenty-first; **— -neuvième,** twenty-ninth.

vingtaine, *f.*, about twenty.
vint, *see* **venir.**
violer, to violate.
vipère, *f.*, viper.
virent, *see* **voir.**
virer, to turn.
virole, *f.*, ferrule; **à —,** provided with a ferrule.
viser, to aim at; **se —,** aim at each other.
visière, *f.*, visor.
visiblement, visibly, evidently.
visiter, to visit.
vit, *see* **voir** *or* **vivre.**
vite, quickly.
vitesse, *f.*, speed, swiftness.
vitre, *f.*, pane of glass.
vivant, –e, living, alive.
vive, *see* **vif.**
vivement, quickly.
vivre, to live, be alive.
vivres, *m. pl.*, food.
v'là, *see* **voilà.**
voici, here is *or* are; **— que,** behold, it happened.
voie, *f.*, vocation, inclination.
voilà, there is *or* are, that is, those are; ago; **le —,** there he is; **les —,** here *or* there they are.
voile, *m.*, veil.
voile, *f.*, sail, canvas.
voiler, to veil, hide; **se — de,** be slowly hidden by.
voir, to see; **voyons!** come now! now then; **se —,** see each other.
voisin, –e, neighboring, near, adjacent (to).
voisin, –e, *m.,f.*, neighbor.
voisinage, *m.*, neighborhood, vicinity.
voiture, *f.*, carriage.
voix, *f.*, voice; **à demi- —,** whispering.
vol, *m.*, flight.
volaille, *f.*, fowl.

voler, to fly; rob, steal; — en rond, sail in circles.

volet, *m.*, outside shutter.

voleter, to flutter.

volière, *f.*, aviary.

volontaire, *m.*, volunteer.

volontiers, willingly.

vont, *see* aller.

vorace, greedy.

voter, to vote; grant.

vôtre (le), yours.

voudrais, *see* vouloir.

vouloir, to will, wish, want; — dire, mean; bien —, be quite willing; je voudrais bien, I should like; en — à, have a grudge against, be angry with, blame.

voulu, -e, *adj.*, studied, conscious.

voûté, -e, bent, round-shouldered.

voyage, *m.*, journey, travel.

voyager, to travel.

voyageur, *m.*, traveler.

voyette, *f.*, narrow path.

vrai, -e, true, real, good, regular.

vrai, *adv.*, truly; à — dire, pour dire —, to speak the truth.

vraiment, truly, really.

vraisemblable, probable, likely.

vu, -e, *see* voir.

vue, *f.*, view, sight; en — de, within sight of.

Y

y, there; to it, to them.

yeux, *pl. of* œil, eyes.

ADVERTISEMENTS.

Heath's Modern Language Series.

FRENCH GRAMMARS AND READERS.

Edgren's Compendious French Grammar. $1.12.

Edgren's French Grammar, Part I. 35 cts.

Fraser and Squair's French Grammar. $1.12.

Fraser and Squair's Abridged French Grammar. $1.10.

Fraser and Squair's Elementary French Grammar. 90 cts.

Grandgent's Essentials of French Grammar. $1.00.

Bruce's Grammaire Française. $1.12.

Grandgent's Short French Grammar. Help in pronunciation. 75 cts.

Grandgent's French Lessons and Exercises. *First Year's Course for Grammar Schools.* 25 cts. *Second Year's Course.* 30 cts.

Grandgent's Materials for French Composition. Each, 12 cts.

Grandgent's French Composition. 50 cts.

Bouvet's Exercises in Syntax and Composition. 75 cts.

Clarke's Subjunctive Mood. An inductive treatise, with exercises. 50 cts.

Hennequin's French Modal Auxiliaries. With exercises. 50 cts.

Kimball's Materials for French Composition. Each, 12 cts.

Brigham's Exercises in French Composition. Based on *Sans Famille.* 12 cts.

Storr's Hints on French Syntax. With exercises. 30 cts.

Marcou's French Review Exercises. 25 cts.

Houghton's French by Reading. $1.12.

Hotchkiss' Le Primer Livre de Français. Boards. 35 cts.

Fontaine's Livre de Lecture et de Conversation. 90 cts.

Fontaine's Lectures Courantes. Can follow the above. $1.00.

Prisoners of the Temple (Guerber). For French Composition. 2c cts.

Bruce's Dicteés Françaises. 30 cts.

Story of Cupid and Psyche (Guerber). For French Composition. 18 cts.

Lyon and Larpent's Primary French Translation Book. 60 cts.

Mansion's First Year French. For young beginners. 50 cts.

Méthode Hénin. 50 cts.

Snow and Lebon's Easy French. 60 cts.

Super's Preparatory French Reader. 70 cts.

Anecdotes Faciles (Super). For sight reading and conversation. 25 cts.

French Fairy Tales (Joynes). Vocabulary and exercises. 35 cts.

Bowen's First Scientific Reader. 90 cts.

Davies' Elementary Scientific French Reader. 40 cts.

Heath's French Dictionary. Retail price, $1.50.

Heath's Modern Language Series.

ELEMENTARY FRENCH TEXTS.

Ségur's Les Malheurs de Sophie. Two episodes. Notes, vocabulary and exercises by Elizabeth M. White, High School, Brooklyn, N.Y. 45 cts.

Saintine's Picciola. With notes and vocabulary by Prof. O. B. Super. 45 cts.

Mairêt's La Tâche du Petit Pierre. Notes, vocabulary and exercises by Professor Super, Dickinson College. 35 cts.

Bruno's Tour de la France par deux Enfants. Notes and vocabulary by C. Fontaine, High School, New York City. 45 cts.

Verne's L'Expédition de la Jeune Hardie (Lyon). Vocabulary. 25 cts.

Gervais Un Cas de Conscience (Horsley). Vocabulary. 25 cts.

Génin's Le Petit Tailleur Bouton (Lyon). Vocabulary. 25 cts.

Assolant's Aventure du Célèbre Pierrot (Pain). Vocabulary. 25 cts.

Muller's Grandes Découvertes Modernes. Photography and Telegraphy. With notes, vocabulary and appendixes. 25 cts.

Récits de Guerre et de Révolution (Minssen). Vocabulary. 25 cts.

Bruno's Les Enfants Patriots (Lyon). Vocabulary. 25 cts.

Bedollière's La Mère Michel et son Chat (Lyon). Vocabulary. 25 cts.

Legouvé and Labiche's La Cigale chez les Fourmis. A comedy in one act, with notes, by W. H. Witherby. 20 cts.

Labiche's La Grammaire (Levi). Vocabulary. 25 cts.

Labiche's Le Voyage de M. Perrichon (Wells). Vocabulary. 30 cts.

Labiche's La Poudre aux Yeux (Wells). Vocabulary. 30 cts.

Dumas's Duc de Beaufort (Kitchen). Vocabulary. 30 cts.

Dumas's Monte-Cristo (Spiers). Vocabulary. 40 cts.

Assollant's Récits de la Vieille France. Notes by E. B. Wauton. 25 cts.

Berthet's Le Pacte de Famine. With notes by B. B. Dickinson. 25 cts.

Erckmann-Chatrian's L'Histoire d'un Paysan (Lyon). 25 cts.

France's Abeille (Lebon). 25 cts.

Moinaux's Les deux Sourds (Spiers). Vocabulary. 25 cts.

La Main Malheureuse (Guerber). Vocabulary. 25 cts.

Enault's Le Chien du Capitaine (Fontaine). Vocabulary. 35 cts.

Trois Contes Choisis par Daudet (Sanderson). *Le Siège de Berlin, La dernière Classe, La Mule du Pape.* Vocabulary. 20 cts.

Erckmann-Chatrian's Le Conscrit de 1813. Notes and vocabulary by Professor Super, Dickinson College. 45 cts.

Selections for Sight Translation. Fifty fifteen-line extracts compiled by Miss Bruce of the High School, Newton, Mass. 15 cts.

Laboulaye's Contes Bleus. With notes and vocabulary by C. Fontaine, Central High School, Washington, D.C. 35 cts.

Malot's Sans Famille (Spiers). Vocabulary. 40 cts.

Ibeatb's Modern Language Series.

INTERMEDIATE FRENCH TEXTS. (Partial List.)

Dumas' La Tulipe Noire. With notes by Professor C. Fontaine, Central High School, Washington, D.C. 40 cts. With vocabulary, 50 cts.

Erckmann-Chatrian's Waterloo. Abridged and annotated by Professor O. B. Super of Dickinson College. 35 cts.

About's Le Roi des Montagnes (Logie). 40 cts. Vocabulary, 50 cts.

Pailleron's Le Monde où l'on s'ennuie. A comedy with notes by Professor Pendleton of Bethany College, W. Va. 30 cts.

Souvestre's Le Mari de Mme de Solange. With notes by Professor Super of Dickinson College. 20 cts.

Historiettes Modernes, Vol. I. Short modern stories, selected and edited, with notes, by C. Fontaine, Director of French in the High Schools of Washington, D.C. 60 cts.

Historiettes Modernes, Vol. II. Short stories as above. 60 cts.

Fleurs de France. A collection of short and choice French stories of recent date with notes by C. Fontaine, Washington, D.C. 35 cts.

Sandeau's Mlle. de la Seiglière. With introduction and notes by Professor Warren of Yale University. 30 cts.

Souvestre's Un Philosophe sous les Toits. With notes by Professor Fraser of the University of Toronto. 50 cts. With vocab. 55 cts.

Souvestre's Les Confessions d'un Ouvrier. With notes by Professor Super of Dickinson College. 30 cts.

Augier's Le Gendre de M. Poirier. One of the masterpieces of modern comedy. Edited by Professor B. W. Wells. 25 cts.

Scribe's Bataille de Dames. Edited by Professor B. W. Wells. 25 cts.

Scribe's Le Verre d'eau. Edited by Professor C. A. Eggert. 30 cts.

Merimée's Colomba. With notes by Professor J. A. Fontaine of Bryn Mawr College. 35 cts. With vocabulary, 45 cts.

Mérimée's Chronique du Règne de Charles IX. With notes by Professor P. Desages, Cheltenham College, England. 25 cts.

Musset's Pierre et Camille. Edited by Professor O. B. Super. 20 cts.

Jules Verne's Tour du Monde en quatre vingts jours. Notes by Professor Edgren, University of Nebraska. 35 cts.

Jules Verne's Vingt mille lieues sous la mer. Notes and vocabulary by C. Fontaine, High School, Washington, D.C. 45 cts.

Sand's La Mare au Diable (Sumichrast). Vocabulary. 35 cts.

Sand's La Petite Fadette (Super). Vocabulary. 35 cts.

De Vigny's Le Cachet Rouge. With notes by Professor Fortier of Tulane University. 20 cts.

De Vigny's Le Canne de Jonc. Edited by Professor Spiers, with Introduction by Professor Cohn of Columbia University. 40 cts.

Halévy's L'Abbé Constantin. Edited with notes by Professor Thomas Logie. 30 cts. With vocabulary, 40 cts.

Thier's Expédition de Bonaparte en Egypte. With notes by Professor C. Fabregou, College of the City of New York. 25 cts.

Gautier's Jettatura. With introduction and notes by A. Schinz, Ph.D. of Bryn Mawr College. 30 cts.

Guerber's Marie-Louise. With notes. 25 cts.

CPSIA information can be obtained
at www.ICGtesting.com
Printed in the USA
BVHW04*1207180918
527831BV00013B/812/P